29.95

Les plus beaux contes d'Andersen

AUZOU

Les plus beaux contes d'Andersen
© Éditions Auzou, 2012.
Première édition de l'ouvrage publiée en 2009

Textes réécrits par Agnès Vandewiele
Illustrations de Jean-Noël Rochut

Direction générale : Gauthier Auzou
Édition : Gwenaëlle Hamon, July Zaglia
Coordination éditoriale : Fanny Letournel
Fabrication : Brigitte Trichet
Relecture : Vanessa Bourmaut
Introduction : Géraldine Boèle
Biographie : Jessica Lefrançois
Mise en page : Annaïs Tassone
Couverture : Elfried Werner
Photogravure : Quat' Coul
Dépôt légal : 4ᵉ trimestre 2012

Les plus beaux contes
d'Andersen

Illustrations de Jean-Noël Rochut

AUZOU

Introduction

Le conte, court récit imaginaire, énoncé au passé, dont l'action se focalise sur un événement furtif et dans lequel sont mis en scène des personnages très peu décrits, peut être différemment interprété selon les individus. Les interprétations varient selon les expériences et les sentiments de chacun. Traditionnellement, le conte, non situé dans le temps et l'espace et d'origine incertaine, est également cet univers magique où on laisse libre cours à son imagination et où tout peut arriver.

Empreints de faits divers ou de souvenirs personnels, quelques contes modernes et contes d'auteurs font exception à la règle. En effet, il n'est pas rare de trouver des contes traditionnels où abondent des références proches de la réalité.

Partie intégrante du patrimoine culturel mondial, les contes sont divers et variés. On peut distinguer : les contes philosophiques, les contes religieux, les contes populaires, les contes merveilleux…
Avant tout populaire, le conte est né des divers peuples qui composent l'humanité.
Ce qui justifie le registre de langue utilisé, généralement pourvu de formules répétées et de patois rendant fascinante la transmission de ces contes au peuple.

L'effet magique du conte est total, quand la réunion respecte des données bien précises. Telle une cérémonie, les auditeurs sont disposés en cercle, silence et pénombre sont de rigueur. Selon les cultures, le moment pour conter varie. Néanmoins, la tradition veut que cela soit fait la nuit. Propice au mystère, au calme et à la concentration. Si l'on se réfère aux esclaves qui jadis, durant de longues nuits de contage, se vengeaient de leurs maîtres, en les caricaturant, la nuit peut aussi être symbole de contestation.
Mais qu'importent le lieu et les circonstances, le conte n'est ni plus ni moins qu'un moment de complicité, de communication et de partage.
Seul le conteur connaît le dénouement final et en cela il nous séduit. Chaque conte est une source de plaisir aussi bien pour celui qui l'écoute que pour le conteur.
Transmis oralement de générations en générations, au gré des cultures et du temps, le conte a supporté quelques modifications.

Fortement influencée par les collectes et les transcriptions des folkloristes, peu à peu, la transmission écrite des contes a remplacé la transmission orale. Rendre accessible les contes et perpétuer la tradition est le dessein de la transmission écrite. Au-delà d'une fidèle reproduction, les contes sont souvent arbitrairement adaptés. Des adaptations qui varient selon les tendances et les intérêts.

Au XVIIIe siècle, l'image de l'enfant change. À partir de 1760, dès l'âge de six ans, des enfants sont placés comme ouvriers dans les mines, les verreries et les filatures mécanisées. Tous sexes confondus, ils travaillent sans repos, le dimanche compris. L'enfant est désormais considéré comme un être autonome. Surgit alors l'idée d'une littérature propre à l'enfance et la jeunesse. Mais ce n'est qu'au XIXe siècle que les premiers contes sont publiés, tels les 164 contes de Hans Christian Andersen.

Aujourd'hui, habillé selon chaque culture, chaque société ou encore chaque tradition, le conte a acquis une véritable dimension internationale. Des éléments comme l'indétermination de l'espace et du temps, la fine épaisseur des personnages, la représentation des animaux ou encore les rituels, sont très particuliers aux contes. Accéder à l'univers imaginaire se fait d'autant plus facilement que l'espace physique est peu décrit et l'espace temporel réduit. Seuls les contes proches des légendes offrent des références spatio-temporelles plus tangibles. Que dire des personnages du conte traditionnel ? Anonymes, intemporels, transparents et volontairement caricaturés, ils sont bien souvent les symboles d'une catégorie d'âge ou d'une catégorie sociale et porteurs de certaines valeurs. Cela dit, les personnages autonomes, pourvus d'un nom et de traits de caractère bien définis, ne sont pas rares. Parfois doués de parole et porteurs de messages, les animaux, personnages de contes par excellence, enchantent les plus petits. Selon chaque culture, les animaux peuvent être différemment symbolisés. Prenons l'exemple de la tortue : en Occident, elle est associée à la lenteur. En Afrique et dans la symbolique orientale, elle est synonyme de sagesse, de longévité et d'immortalité. En Chine, elle est représentée comme détenant les secrets du ciel et de la terre. En Inde, elle est symbolisée comme supportant le monde sur sa carapace.

Les rites et la magie sont aussi porteurs de symboles propres à chaque culture.
C'est de ces représentations chargées en symboles, de l'envie de distraire et de charmer,
que naît la magie du conte.

Le conte nous fait rêver en nous entraînant dans un monde imaginaire où le héros gagne
son indépendance en surmontant diverses épreuves et en montrant les bienfaits
d'un comportement conforme à la morale.
Outre cette propension à s'identifier qu'il éveille en nous, il contribue également
à l'apprentissage, à la maîtrise de la langue et à la découverte du patrimoine.

Certains clament haut et fort que le conte est obsolète, criant même à sa fin.
Pourtant, son industrie ne s'est jamais aussi bien portée. Les publications de contes
et de CDs abondent de part et d'autre.

On ne tarit pas d'adjectifs pour les définir. Certains diront qu'ils sont linguistiques ou
encore pédagogiques et d'autres diront qu'ils sont ludiques ou éducatifs. Linguistiques,
thérapeutiques, pédagogiques, moralisateurs... Et si le conte était un peu de tout ça ?

Une chose est sûre, le conte, c'est cet univers magique dans lequel, l'espace d'un instant,
les enfants deviennent des adultes et les adultes retombent en enfance.

Biographie

Hans Christian Andersen (1805-1875)

Grâce à une imagination précoce, renforcée par l'indulgence de ses parents et la superstition de sa mère, le jeune Danois Hans Christian Andersen se destina naturellement à une carrière d'écrivain.

Fils d'un jeune cordonnier malade et d'une mère âgée, il s'est retrouvé entièrement livré à lui-même à partir de 1816, à la mort de son père. Il cessa, alors, d'aller à l'école, se construisit un petit théâtre et fabriqua des vêtements à ses marionnettes. Ce fut également la période où il lut toutes les œuvres littéraires qu'il put emprunter, telles celles de Ludvig Holberg, ou encore celles de William Shakespeare. Grâce à ses lectures, il rédigea son premier conte, *La Petite fille aux allumettes* en s'inspirant de l'enfance malheureuse de sa mère, issue d'une famille pauvre. À 14 ans, il partit à Copenhague pour essayer de devenir chanteur d'opéra. Bien que pris pour un fou, il réussit, tout de même, à nouer de solides relations d'amitié avec les musiciens Christoph Weyse et Siboni, puis plus tard avec le poète Frederik Hoegh Guldberg. Seulement, sa voix vint à lui manquer, le rendant incapable de continuer à chanter. Suite à cet échec, il fut admis comme apprenti danseur au Théâtre Royal. Mais cette perspective professionnelle ne l'intéressa pas, et en ne faisant rien il déçut Guldberg, qui se détourna de lui. Néanmoins, il se trouva un nouveau mentor en la personne de Jonas Collin, le directeur du Théâtre Royal, qui deviendra par la suite un ami à vie.

C'est grâce à l'intérêt du roi Frédéric VI, qu'il reçut enfin une éducation. En effet, le roi le prit sous son aile et l'envoya suivre des cours pendant quelques années à l'école de grammaire de Slagelse. Cependant, pour Andersen, ces années de scolarité furent les plus sombres de sa vie. Étudiant très médiocre, il attendit le moment où son mentor Collin le considéra enfin comme éduqué et l'envoya à Copenhague.

Son premier succès littéraire survint en 1830 avec la publication d'un roman fantastique intitulé *Promenade du canal de Holmen à la pointe orientale d'Amagre,* qui s'inspire des récits d'Ernst Theodor Wilhelm Hoffmann. Son excentricité et sa vivacité d'esprit commencèrent à lui valoir une certaine notoriété. Entre 1832 et 1842, il publia en brochures ses premiers courts récits merveilleux, *Contes pour enfants* (1835), qu'il ne destinait d'ailleurs pas seulement à un public enfantin. Le succès immédiat l'encouragea à poursuivre et à publier chaque année d'autres textes, *Nouveaux Contes* (1843-1848) et *Nouveaux Contes et Histoires* (1858-1872). Il écrivit au total plus de cent cinquante contes, imprégnés de romantisme et associant le merveilleux et l'ironie. Il est à noter que malgré son extrême sensibilité Andersen n'a jamais eu l'ambition d'écrire pour les enfants, et ce n'est que bien plus tard que ses contes seront perçus comme tels. Les contes d'Andersen ne sont en aucun cas une copie de ceux de Perrault ou des frères Grimm. Bien au contraire, Andersen a su, par l'utilisation du langage courant et d'expressions populaires, exprimer les émotions les plus subtiles.

D'autre part, la particularité de cet auteur est qu'il ne se contenta pas d'écrire dans un genre, il s'épanouit également au sein d'autres formes littéraires. Ainsi, en 1835, son premier roman, *L'Improvisateur* fut couronné de succès. Puis, parut en 1836 un autre roman *O.T.,* ainsi qu'un volume de sketches, en Suède. En 1837, il rédigea la meilleure de ses nouvelles, *Seulement un bonimenteur.* Pourtant, la qualité de ses textes ne fut malheureusement pas perçue à l'époque, et ceux-ci ne se vendirent guère. Par la suite, Andersen se tourna vers le théâtre, genre pour lequel il n'obtint qu'un succès éphémère, mais fit preuve d'un véritable génie en publiant, en 1840, l'*Album sans image.* En plus d'être doué de sa plume, Hans Christian Andersen fut également un infatigable

En plus d'être doué de sa plume, Hans Christian Andersen fut également un infatigable voyageur. Il parcourut l'Europe et permit à la majorité de ses œuvres de connaître un rayonnement culturel important. D'ailleurs, le plus long de ses voyages, effectué entre 1840 et 1841, lui fit traverser l'Allemagne, l'Italie, Malte, la Grèce et Constantinople. Cette expédition lui apporta l'inspiration pour composer *Bazar d'un poète* (en 1842), considéré largement comme le meilleur de ses « livres de voyages ». En 1847, son excursion en Angleterre lui permit de se lier d'amitié avec Charles Dickens, qui s'inspira d'Andersen pour nourrir le portrait de son personnage Uriah Heep, dans son roman *David Copperfield*. Grâce à ses nombreux voyages, cet écrivain exceptionnel devint célèbre dans toute l'Europe, alors qu'il ne jouissait pas d'une égale renommée dans son propre pays.

Hans Christian Andersen continua d'écrire, désirant plus que jamais s'affirmer davantage comme romancier et dramaturge. Néanmoins, son génie ne s'épanouira réellement que dans l'écriture de contes. Ses écrits merveilleux mettent en scène aussi bien des rois et des reines réels et légendaires que des animaux et des créatures magiques (sirènes et fées). Parmi ses contes les plus célèbres demeurent *Le Vilain Petit Canard*, *La Reine des neiges*, *Les Habits neufs de l'Empereur*, et *La Petite Sirène*. Ses histoires, traduites dans plus de quatre-vingts langues, connurent un succès durable et inspirèrent des écrivains, des metteurs en scène, des réalisateurs, des chorégraphes, des sculpteurs et des peintres. Andersen, après un long silence, reprit la plume et publia la nouvelle *Être ou ne pas être*, en 1857. En 1866, il composa un autre de ses « livres de voyages » : *Visite au Portugal*. Quant à ses Contes, ils poursuivirent leur parution jusqu'à Noël 1872. Au printemps 1873, Andersen se blessa grièvement en tombant de son lit. Chute dont il ne s'est jamais remis, et mourut dans sa maison de Rolighed, près de Copenhague, le 4 août 1875.
Aujourd'hui, il est impossible à tout touriste visitant le Danemark d'ignorer la marque de Hans Christian Andersen. En effet, la maison d'Odense dans laquelle il a grandi se visite, et les statues de l'écrivain fleurissent dans tout Copenhague. D'autre part, il existe également au sud des Pays-Bas, un parc d'attractions qui abrite, notamment, « le Bois des contes » dans lequel on peut voir les œuvres d'Andersen prendre vie.

Sommaire

LA PETITE SIRÈNE

Au large, tout au fond de l'eau bleue et transparente,
s'élève le château du roi de la mer. Veuf depuis des années,
il vivait là avec sa vieille maman et ses filles, les six petites
princesses de la mer. La plus jeune était la plus belle de toutes.
Comme ses sœurs, son corps se terminait en queue de poisson.
« Quand vous aurez quinze ans, avait dit la grand-mère,
vous pourrez monter à la surface ! » Chacune des sœurs promettait
de raconter aux plus jeunes ce qu'elle aurait vu de plus beau.
La dernière était la plus impatiente. Quand l'aînée des princesses
eut quinze ans, elle monta à la surface de la mer et raconta
à ses sœurs comme elle avait aimé regarder la grande ville
aux lumières scintillantes. Puis ce fut au tour des autres sœurs.

« Que j'aimerais avoir quinze ans ! »,
soupirait la petite dernière.

Quand son tour vint, sa grand-mère
couronna ses cheveux de lys et attacha
des huîtres à sa queue. Alors la petite
sirène s'éleva à travers les eaux.

Un grand navire à trois mâts se trouvait
là. On entendait à bord de la musique
et des chants. La petite sirène pouvait
apercevoir par les fenêtres des passagers
en grande toilette, dans le salon
du navire. Le plus beau d'entre
eux était un jeune prince
aux yeux noirs. On fêtait
son anniversaire.

Il était si beau que la petite sirène ne pouvait détourner
son regard de lui.
Puis les lumières s'éteignirent. Une tempête s'annonçait,
le navire courait sur la mer houleuse. Des éclairs
sillonnèrent le ciel. Le mât se brisa et l'eau envahit
la cale. Quand le bateau s'entrouvrit, la petite sirène
vit le jeune prince s'enfoncer dans la mer.
Elle plongea à son secours. Au matin, la tempête
s'était apaisée. Soutenant le prince, la petite sirène
nagea vers la terre. Dans une petite crique s'élevait
un couvent. Elle y porta son prince et le déposa
sur le sable.

Une des jeunes filles du couvent accourut et partit
chercher de l'aide. La petite sirène, cachée derrière
un haut récif, vit le prince revenir à lui. Il sourit
à la jeune fille, mais ne pouvait pas voir la sirène qui
lui avait sauvé la vie. Bien triste, elle retourna chez
son père. Souvent, elle remontait là où elle avait laissé
le prince puis, désespérée, rentrait chez elle sans l'avoir vu.
Un jour, elle se confia à ses sœurs. L'une d'elles sachant qui
était le prince, l'entraîna vers la côte où s'élevait
son château. Elle y revint souvent, heureuse de le voir,
à son insu. De plus en plus elle chérissait les humains et
souhaitait habiter leur monde. Elle interrogea sa grand-mère :
« Si les hommes ne se noient pas, peuvent-ils vivre toujours
et ne meurent-ils pas comme nous, au fond de la mer ?

« – Si, dit la vieille, il leur faut mourir aussi et leur vie est même plus courte que la nôtre. Nous pouvons atteindre trois cents ans, mais quand nous cessons d'exister ici, nous devenons écume sur les flots. Les hommes au contraire ont une âme qui vit éternellement.

– Hélas, dit la petite sirène, je donnerais toutes les années que j'ai à vivre pour devenir un seul jour un être humain et avoir part ensuite au monde céleste !

– Ne pense pas cela, dit la vieille sirène. Nous sommes bien plus heureuses que les hommes.

– Que faire pour gagner une vie éternelle ?

– Il faudrait gagner l'amour d'un homme. Alors son âme glisserait dans ton corps et tu aurais part au bonheur humain. Il te donnerait une âme et conserverait la sienne. Mais cela est impossible, car il trouverait ta queue de poisson très laide. »

La petite sirène regarda sa queue avec désespoir.

Le soir, on donnait un bal à la cour. Dans la salle
dansaient tritons et sirènes au son de leur propre chant.
La voix de la petite sirène était la plus jolie de toutes.
Mais elle songeait à celui qu'elle aimait si fort :
« Je vais aller demander de l'aide à la sorcière marine ! »

« Je sais ce que tu veux, dit la sorcière
en la voyant, c'est bien bête de ta part !
Tu voudrais te débarrasser de ta
queue de poisson et avoir à la place
deux jambes pour marcher afin
que le prince s'éprenne de toi.
Tu voudrais aussi une âme
immortelle !
Je vais te préparer un
breuvage que tu boiras,
et qui transformera ta queue
de poisson en deux jambes.

Tu garderas ta démarche ailée mais chaque pas
que tu feras sera comme si tu marchais sur un couteau
effilé. Si tu veux souffrir tout cela, je t'aiderai !
– Oui, dit la petite sirène.
– Quand tu auras une apparence humaine,
tu ne pourras jamais redevenir sirène. Et si tu ne gagnes
pas l'amour du prince, et s'il ne t'épouse pas,
alors tu n'auras jamais une âme immortelle.
S'il en épouse une autre, le lendemain tu ne seras plus
qu'écume sur la mer.

– Je le veux, dit la petite sirène.

– En échange, tu dois
me donner ta voix.

– Que me restera-t-il alors ?
dit la petite sirène, si je ne peux
ni parler, ni chanter.

– Ta grâce, ta démarche ailée
et tes yeux, c'est assez pour séduire
un homme. Donne-moi ta jolie langue
afin que je la coupe. » La petite sirène
accepta et la sorcière fit la drogue magique
en y mettant la langue. La petite sirène
retourna chez son père. Elle n'osa aller voir
ses sœurs, leur envoya mille baisers et remonta
à la surface. Arrivée au palais du prince, elle
but le philtre et s'évanouit. Quand elle reprit
connaissance, le prince se tenait devant elle.
Elle ressentit une douleur aiguë, sa queue de
poisson avait disparu, et elle avait deux jolies
jambes. Le jeune homme voulut savoir qui
elle était et d'où elle venait, mais elle
ne pouvait lui répondre. Il la conduisit alors
au palais. Chaque pas la faisait souffrir, mais
tous s'émerveillaient de sa démarche gracieuse.

Au bal, la petite sirène dansa avec
plus de grâce qu'aucune autre.
Le prince était enchanté et voulut
l'avoir toujours près de lui.
Mais il ne songeait pas à l'épouser.
« Tu me rappelles une jeune fille qui,
après un naufrage, me trouva
sur le rivage et me sauva la vie, lui dit
le prince. C'est la seule femme que j'eusse
pu aimer d'amour, mais elle appartient
au couvent. Comme tu lui ressembles !
Nous ne nous quitterons jamais.
– Hélas, il ne sait pas que c'est moi qui lui ai
sauvé la vie ! pensait la petite sirène. Je l'ai porté
sur les flots jusqu'au couvent. J'ai vu la belle
jeune fille qu'il aime plus que moi. » Puis un jour,
on apprit que le prince allait se marier avec
la fille du roi voisin. « Mes parents m'obligent
à partir en voyage, dit le prince à la petite sirène,
pour voir la fille du roi voisin. Mais je ne pourrai
l'aimer d'amour. Si je devais un jour choisir
une épouse, ce serait plutôt toi qui ne dis rien
mais dont les yeux parlent. »

Ils montèrent à bord du vaisseau pour se rendre dans
le pays du roi voisin. Quand la princesse parut, la petite
sirène reconnut en elle la jeune fille du couvent.
À sa vue, le prince s'écria : « Je te retrouve, toi qui
m'as sauvé la vie, et il serra dans ses bras sa fiancée. »
La petite sirène avait le cœur brisé. Ne devait-elle
pas mourir le lendemain des noces du prince ?
Le soir du mariage, les époux s'embarquèrent
sur le navire.
À bord, la petite sirène savait qu'elle voyait le prince
pour la dernière fois. Au matin, elle chercha le premier
rayon de soleil qui allait la tuer. Ses sœurs apparurent
au-dessus de la mer. Elles avaient sacrifié leur chevelure
à la sorcière pour qu'elle les aide.

« Elle nous a donné ce couteau, dirent-elles, plonge-le
dans le cœur du prince, quand son sang tombera sur
tes pieds, ils se réuniront en queue de poisson et
tu redeviendras sirène. » Mais la petite sirène posa
un baiser sur le front du prince endormi, lança le
couteau loin dans les vagues et se jeta dans la mer,
où elle sentit son corps se dissoudre en écume.

Les rayons du soleil tombaient sur l'écume glacée et
la petite sirène ne sentait pas la mort. Au-dessus d'elle
planaient des centaines d'êtres transparents. La petite
sirène sentit qu'elle avait un corps comme le leur, qui
s'élevait de plus en plus haut au-dessus de l'écume.
« Où vais-je ? demanda-t-elle. – Chez les filles de l'air,
répondirent-elles. Les filles de l'air, comme les sirènes,
n'ont pas d'âme immortelle, mais elles peuvent, par
leurs bonnes actions, s'en créer une. Toi, pauvre petite
sirène, tu as de tout ton cœur cherché le bien et souffert,
maintenant, tu peux par tes bonnes actions te créer
une âme immortelle. »
La petite sirène versa des larmes. Sur le navire, elle vit
le prince et son épouse la chercher des yeux et fixer
l'écume dansante. Invisible, elle embrassa la femme
du prince, jeta un sourire à l'époux, puis monta avec
les autres enfants de l'air sur un nuage rose qui s'éleva
dans le ciel.

LE VILAIN PETIT CANARD

Que la campagne était belle au milieu de l'été !
Les rayons du soleil éclairaient de tout leur éclat
un vieux domaine entouré de larges fossés.
De grandes feuilles vertes descendaient du mur
jusqu'à l'eau. Dans l'une de ces retraites, une cane
avait fait son nid et couvait ses œufs. Au moment
de leur éclosion, on entendit « pi-pip » : c'étaient
les petits canards qui tendaient leur cou
au-dehors. « Que le monde est grand ! »
dirent les nouveau-nés en regardant de tous côtés.
Mais la mère vit que le plus gros œuf n'avait pas
bougé. Elle se remit à couver. Une vieille cane
vint alors lui rendre visite.
« Comment cela va-t-il ? lui demanda-t-elle.
– Il n'y a plus que cet œuf-là que j'ai
toutes les peines du monde à faire éclore »,
lui dit la cane. La vieille cane l'examina.

« C'est un œuf de dinde, déclara-t-elle. Moi aussi, j'ai été trompée une fois comme vous. Et j'ai eu beaucoup de mal avec le petit car il avait peur de l'eau. Laissez-le là et apprenez plutôt aux autres enfants à nager. » Mais la cane continua à couver le gros œuf qui s'ouvrit enfin : « Pi-pip » fit le petit, et il sortit.

« Quel énorme caneton ! s'exclama la cane en le voyant. Et comme il est vilain !

Il ne ressemble à aucun de nous. Serait-ce un dindon ? »

Le lendemain, la mère se rendit avec tous les canetons
au fossé. Les petits plongèrent l'un après l'autre,
même le vilain grand caneton gris.

« Ce n'est pas un dindon, se dit alors la cane. Après tout
il n'est pas si laid, quand on le regarde de près. » La cane
alla ensuite présenter sa famille dans la cour des canards.
Là, le vieux canard au ruban rouge, le plus distingué
de tous, s'exclama : « Vous avez de bien beaux enfants,
ils sont tous gentils excepté celui-là.

– Il n'est pas beau, c'est vrai, mais il a bon caractère,
et nage très bien, répliqua la mère. Il deviendra fort
et fera son chemin dans le monde. »

Mais le pauvre caneton fut mordu par les autres
canards et poulets. Il eut bien du chagrin
d'être si laid et d'être méprisé par tous
les canards de la cour.

Même ses sœurs étaient méchantes avec lui.
Alors, il se sauva et s'envola par-dessus la haie.
Il arriva au grand marécage où habitaient les canards
sauvages, et s'y coucha. Le lendemain, les canards
sauvages aperçurent leur nouveau camarade
et lui dirent : « Tu es très laid, mais cela nous est égal,
pourvu que tu n'épouses personne de notre famille. »
Au bout de deux jours arrivèrent deux jars sauvages.
« Veux-tu nous accompagner et devenir un oiseau
de passage ? » demandèrent-ils. Mais tout à coup
des coups de fusil retentirent. Les deux jars tombèrent
morts dans les roseaux qui devinrent rouges de sang.
Les chasseurs s'étaient cachés tout autour du marais.
Le pauvre caneton, épouvanté, aperçut devant lui
un terrible chien de chasse. À la fin de la journée,
le bruit cessa, et le caneton se sauva du marais aussi
vite qu'il put. Le soir, il arriva à une cabane de paysans.

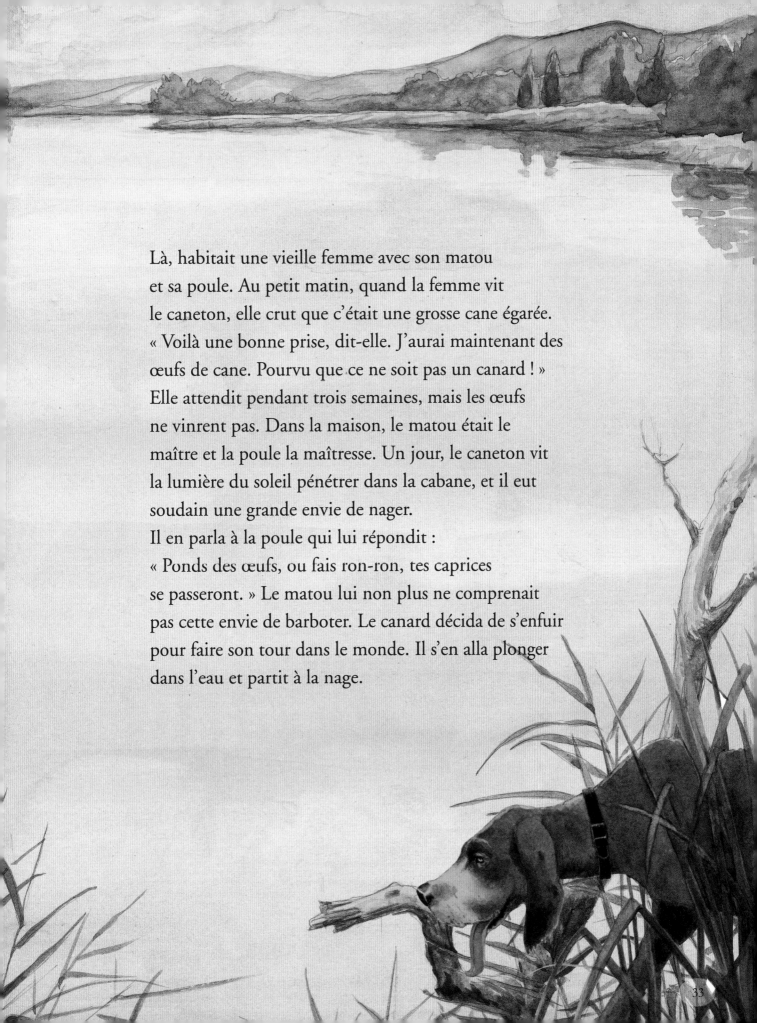

Là, habitait une vieille femme avec son matou
et sa poule. Au petit matin, quand la femme vit
le caneton, elle crut que c'était une grosse cane égarée.
« Voilà une bonne prise, dit-elle. J'aurai maintenant des
œufs de cane. Pourvu que ce ne soit pas un canard ! »
Elle attendit pendant trois semaines, mais les œufs
ne vinrent pas. Dans la maison, le matou était le
maître et la poule la maîtresse. Un jour, le caneton vit
la lumière du soleil pénétrer dans la cabane, et il eut
soudain une grande envie de nager.
Il en parla à la poule qui lui répondit :
« Ponds des œufs, ou fais ron-ron, tes caprices
se passeront. » Le matou lui non plus ne comprenait
pas cette envie de barboter. Le canard décida de s'enfuir
pour faire son tour dans le monde. Il s'en alla plonger
dans l'eau et partit à la nage.

Puis l'automne arriva. Un soir, au coucher du soleil, le canard vit de grands oiseaux superbes d'une blancheur éblouissante. C'étaient des cygnes qui partaient pour les pays chauds. Le canard ne savait pas comment s'appelaient ces oiseaux, ni où ils allaient, mais il les aimait comme il n'avait encore jamais aimé personne. L'hiver devint froid, et bientôt il fut saisi par la glace de l'étang. Au matin, un paysan s'avança, rompit la glace et emporta le canard gelé pour le donner à sa famille. La malheureuse bête revint à la vie. Les enfants voulurent jouer avec elle, mais elle eut peur et se jeta dans le pot au lait.

La femme en colère frappa dans ses mains, et le caneton s'envola au-dehors. Il passa l'hiver dans un marécage, entre les joncs. Un jour, le soleil commença à reprendre son éclat et sa chaleur : c'était le printemps. Le canard s'envola alors dans un jardin, et des profondeurs du bois sortirent trois magnifiques cygnes blancs. Ils battaient des ailes en nageant sur l'eau. Le caneton nagea à leur rencontre. Les cygnes l'aperçurent et se précipitèrent vers lui en soulevant leurs plumes. « Tuez-moi, dit le pauvre animal, pour avoir osé, moi si vilain, m'approcher de vous. » Penchant la tête vers la surface de l'eau, il attendait la mort.

Mais que vit-il dans l'eau transparente ? Un cygne éclatant
de blancheur ! Il n'était pas né un vilain petit canard,
comme on l'avait cru, mais un petit cygne gris-noir,
devenu maintenant en grandissant un magnifique cygne !
Désormais, il se sentait heureux, il goûtait son bonheur
en voyant les grands cygnes nager autour de lui
et le caresser de leur bec. Des enfants vinrent au jardin
et jetèrent du pain, ils battaient des mains en s'écriant :
« En voilà un nouveau, qu'il est jeune, c'est le plus beau ! »
Les vieux cygnes s'inclinèrent devant lui. Il cacha sa tête
sous son aile, il ne savait comment se tenir, car c'était
pour lui trop de bonheur. Mais il n'était pas orgueilleux.
Il se rappelait la manière dont il avait été persécuté et
insulté partout. Alors ses plumes se gonflèrent, son cou
élancé se dressa, et il s'écria de tout son cœur :
« Comment aurais-je pu rêver tant de bonheur
pendant que je n'étais qu'un vilain petit canard ? »

LA PETITE FILLE AUX ALLUMETTES

Comme il faisait froid ! La neige tombait et la nuit
n'était pas loin. C'était le dernier soir de l'année,
la veille du jour de l'an. Au milieu de ce froid glacial
et de cette obscurité, une pauvre petite fille marchait
dans la rue. Elle avait mis des pantoufles en quittant
la maison. Mais c'étaient des grandes pantoufles
que sa mère avait déjà usées. Elles étaient si grandes
que la petite les perdit en traversant la rue.
L'une fut réellement perdue, quant à l'autre,
un gamin la ramassa avec l'intention d'en faire
un berceau pour son enfant, quand le ciel
lui en donnerait un. La petite fille cheminait
avec ses pieds nus, qui étaient rouge et bleu
de froid. Elle avait dans son tablier des allumettes
et portait à la main un paquet qu'elle espérait vendre.

Mais en ce soir de fête, tout le monde était affairé et personne ne s'arrêtait pour prêter attention à l'air suppliant de la petite. La journée finissait, et elle n'avait pas encore vendu un seul paquet d'allumettes. Tremblante de froid et de faim, elle se traînait de rue en rue. Elle n'avait pas le moindre sou en poche et grelottait, glacée. Pauvre fillette ! Des flocons de neige se posaient doucement sur ses longues boucles blondes.

En cette veille du jour de l'an, les lumières brillaient aux fenêtres et de presque toutes les maisons sortait une délicieuse odeur, celle de l'oie, qu'on rôtissait pour le festin du soir. Épuisée, la petite fille s'assit et s'affaissa dans un coin, entre deux maisons. Le froid était intense, mais elle n'osait pas rentrer chez elle. Si elle rapportait ses allumettes et pas la plus petite pièce de monnaie, son père la battrait. Et puis, chez elle, il faisait aussi un froid si vif.

La famille de l'enfant logeait dans une mansarde,
sous un toit, où soufflait un vent glacé, bien que
les plus larges fentes eussent été bouchées avec de la paille
et des chiffons. Les mains de la fillette étaient presque
gelées. Comme une petite allumette lui ferait
du bien ! Si elle osait en tirer une seule du paquet,
la frotter sur le mur et réchauffer ses doigts ! Elle en tira
une : crac ! Comme elle éclata, comme elle brûla !
Elle couvrit de sa main la flamme chaude et claire.
Quelle lumière merveilleuse ! Il semblait à la petite fille
qu'elle était assise devant un grand poêle en fonte,
décoré d'ornements de cuivre. Le feu y chauffait
si bien ! Mais alors que la petite étendait ses pieds
pour les chauffer, la flamme s'éteignit et le poêle disparut.

Elle n'avait plus qu'un petit bout d'allumette brûlée
dans sa main. Elle en frotta une seconde qui brûla et brilla.
La lueur se projeta sur le mur, qui devint tout transparent.
La petite vit alors dans une pièce une magnifique table dressée,
couverte d'une nappe blanche, sur laquelle brillait une superbe
vaisselle de porcelaine. Au milieu, trônait une oie rôtie fumante
farcie de pruneaux et de pommes, au parfum délicieux.
Quel bonheur ! Elle n'en croyait pas ses yeux. Mais tout à coup,
l'oie sauta de son plat et roula sur le plancher jusqu'à la pauvre
enfant, la fourchette et le couteau toujours plantés dans le dos
de l'animal. L'allumette s'éteignit : la fillette n'avait plus devant
elle qu'un mur épais et froid. Elle alluma une troisième allumette.

Aussitôt, elle se vit assise sous
un magnifique arbre de Noël,
plus beau et plus grand encore
que celui qu'elle avait vu au Noël
dernier chez un riche marchand.
Mille chandelles brûlaient sur
les branches vertes, et de tous côtés
pendait une foule de merveilles.
Des images de toutes les couleurs
comme celles ornant les fenêtres
des magasins semblaient lui sourire.

La petite éleva les deux mains : l'allumette s'éteignit.
Toutes les chandelles de Noël montaient, et l'enfant
s'aperçut alors que ce qu'elle voyait était des étoiles.

L'une d'elles tomba et traça une longue raie de feu dans
le ciel. « C'est quelqu'un qui meurt », se dit la petite.
Sa vieille grand-mère, qui n'était plus là, lui répétait
souvent : « Quand une étoile tombe, c'est qu'une âme
monte à Dieu. » Elle frotta encore une allumette sur
le mur, et au milieu d'une grande lumière, sa grand-mère
apparut, debout, devant elle. « Grand-mère !, s'écria
la petite, quand l'allumette s'éteindra, je sais que
tu ne seras plus là. Tu disparaîtras comme le poêle
en fonte, comme l'oie rôtie, comme le bel arbre de Noël. »

Et l'enfant alluma une nouvelle allumette, et puis une autre, et enfin tout le paquet,
pour voir sa bonne grand-mère près d'elle le plus longtemps possible.

Les allumettes répandaient un éclat plus vif que celui du jour. Jamais sa grand-mère
n'avait été si grande et si belle. Elle prit la petite fille sur son bras, et toutes deux
s'envolèrent, joyeuses, au milieu de ce rayonnement, si haut qu'il n'y avait plus ni froid,
ni faim, ni angoisse. Elles étaient chez Dieu. Le lendemain, dans le coin, entre les deux
maisons, on trouva la petite fille, les joues toutes rouges, un doux sourire flottant
sur ses lèvres. Elle était morte de froid, le dernier jour de l'année. À côté d'elle on trouva
des allumettes, dont un paquet avait été presque tout brûlé. « Elle a voulu se réchauffer ? »
demanda un passant. Mais tout le monde ignora les belles choses qu'elle avait vues,
et au milieu de quelle splendeur elle était entrée avec sa vieille grand-mère
dans la nouvelle année.

LA PRINCESSE AU PETIT POIS

Il était une fois un prince qui désirait
épouser une princesse, mais il voulait
une véritable princesse. Il décida
de faire le tour du monde pour
en trouver une. À la vérité,
les princesses ne manquaient pas.
Mais il ne pouvait jamais être
sûr qu'il s'agissait de véritables
princesses. Toujours quelque
chose en elles lui paraissait
suspect. En conséquence,
il revint dans son château,
désolé de n'avoir pas trouvé
la princesse de ses rêves.
Un soir, il faisait un temps
horrible, des éclairs illuminaient
le ciel, le tonnerre grondait
et la pluie tombait à torrents.
C'était épouvantable ! Quelqu'un
frappa à la porte du château,
et le vieux roi s'empressa d'ouvrir.

C'était une princesse ! Mais grand Dieu, comme la pluie et l'orage l'avaient arrangée !
L'eau ruisselait de ses cheveux et de ses vêtements, entrait par la pointe de ses souliers
et sortait par le talon. Néanmoins, elle se présenta comme une vraie fille de roi.
« C'est ce que nous saurons bientôt ! » songea en elle-même la vieille reine.

Puis, sans rien dire à personne de l'épreuve qu'elle avait imaginée, elle entra dans la chambre
à coucher où dormirait la jeune fille. Là, elle retira toute la literie et plaça un pois au fond
du lit. Ensuite, elle prit vingt matelas qu'elle plaça sur le pois, et encore vingt édredons,
qu'elle entassa par-dessus les matelas. Puis la princesse arriva pour s'y coucher.
Le lendemain matin, la reine lui demanda comment elle avait passé la nuit.

« Bien mal ! répondit-elle, à peine si j'ai fermé les yeux de toute la nuit ! Dieu sait ce qu'il y avait dans le lit : c'était quelque chose de dur qui m'a rendu la peau toute violette. Quel supplice ! » À cette réponse, on reconnut que c'était une véritable princesse, puisqu'elle avait senti un pois à travers vingt matelas et vingt édredons. Quelle femme, sinon une princesse, pouvait avoir la peau si délicate ? Le prince, bien convaincu que c'était une véritable princesse, la prit pour femme. Quant au pois, il fut placé dans le musée, où il doit se trouver encore, à moins qu'un amateur ne l'ait enlevé. Voilà une histoire aussi vraie que la princesse !

LA BERGÈRE ET LE RAMONEUR

Avez-vous jamais vu une vieille armoire
en bois ornée de fioritures et de feuillages ?
Il y en avait une dans la chambre, décorée
de roses et de tulipes sculptées, avec
des arabesques d'où sortaient des têtes
de cerfs aux grands bois. Au milieu
de l'armoire était représenté un homme
bizarre, qui grimaçait : il avait des jambes
de bouc, des cornes sur le front,
et une longue barbe. Les enfants
l'appelaient le Grand-général-commandant-
en-chef-Jambe-de-Bouc. Il avait les yeux
rivés sur une console où se tenait debout
une petite bergère de porcelaine.
À côté d'elle se trouvait un petit ramoneur
de porcelaine, tenant une échelle sous
le bras. Fragiles et proches l'un de l'autre,
ils étaient fiancés. Non loin d'eux,
un Chinois en porcelaine, trois fois plus
grand qu'eux, pouvait hocher la tête.

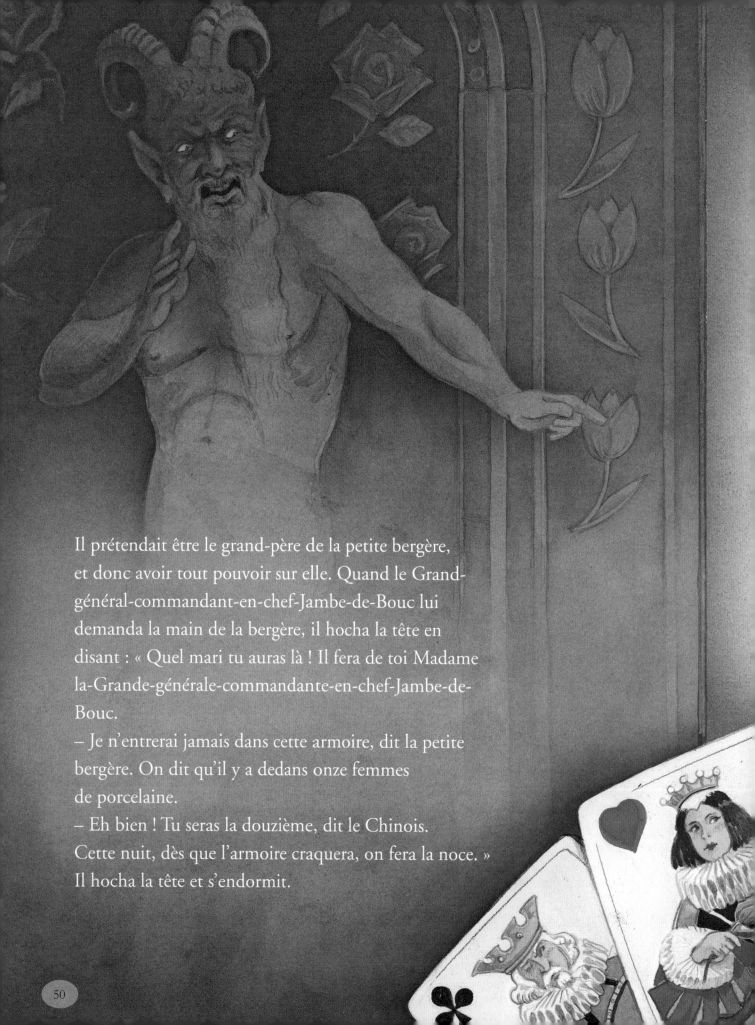

Il prétendait être le grand-père de la petite bergère, et donc avoir tout pouvoir sur elle. Quand le Grand-général-commandant-en-chef-Jambe-de-Bouc lui demanda la main de la bergère, il hocha la tête en disant : « Quel mari tu auras là ! Il fera de toi Madame la-Grande-générale-commandante-en-chef-Jambe-de-Bouc.

– Je n'entrerai jamais dans cette armoire, dit la petite bergère. On dit qu'il y a dedans onze femmes de porcelaine.

– Eh bien ! Tu seras la douzième, dit le Chinois. Cette nuit, dès que l'armoire craquera, on fera la noce. » Il hocha la tête et s'endormit.

La petite bergère pleurait en regardant son bien-aimé,
le ramoneur. « Sauvons-nous d'ici », lui dit-elle. Le petit
ramoneur acquiesça. Et avec son échelle, il l'aida à descendre
jusqu'au plancher. Mais derrière eux, sur la vieille armoire,
les cerfs étaient en émoi. Le Grand général cria au vieux
Chinois : « Ils se sauvent ! » Pris de peur, la bergère
et le ramoneur se réfugièrent sous la fenêtre. Là, étaient
rangés de vieux jeux de cartes et un petit théâtre où se jouait
une comédie. Sur la scène, derrière les dames de cœur,
de trèfle, de pique et de carreau, se tenaient tous les valets,
une tête en l'air, une tête en bas, comme sur les cartes à jouer.

La pièce représentait deux jeunes amoureux qui n'arrivaient
pas à se marier. La bergère pleura beaucoup car cela
ressemblait à son histoire. « Cela me fait trop
de mal, dit-elle. Partons ! »

Mais en sortant, ils virent le vieux Chinois qui, réveillé,
accourait. « Voilà le vieux Chinois ! s'écria la bergère, apeurée.
— Allons nous cacher au fond de la grande cruche qui est là,
dans le coin, dit le ramoneur. Si le Chinois vient, nous lui
jetterons de l'eau sur les yeux.
— Non, protesta la bergère, le vieux Chinois et la cruche ont
été autrefois fiancés, et même longtemps après, il y a encore de
l'amitié entre eux. Il faut nous échapper au loin dans le monde.

— Mais n'as-tu pas peur ? Le monde est si grand,
et nous ne pourrons jamais revenir », dit le ramoneur.
Comme elle insistait, il déclara : « Le meilleur chemin
est de sortir par la cheminée. Pourras-tu te glisser avec moi
dans le poêle et grimper le long du tuyau ?

Une fois dans la cheminée, je saurai comment faire.
Nous monterons tout en haut où il y a un trou.
Par ce trou, nous entrerons dans le monde. »
Arrivée à la porte du poêle, la bergère s'écria :
« Dieu qu'il fait noir ! Mais elle le suivit dans
les tuyaux où tout était noir comme la suie.
« Nous sommes dans la cheminée, dit le ramoneur.
Regarde là-haut, la magnifique étoile qui brille. »

Ils voyaient dans le ciel une étoile qui leur montrait
le chemin. Ils grimpaient, grimpaient toujours.
Le chemin était si affreux, et si haut.
Mais le ramoneur la soulevait en lui montrant
comment monter.

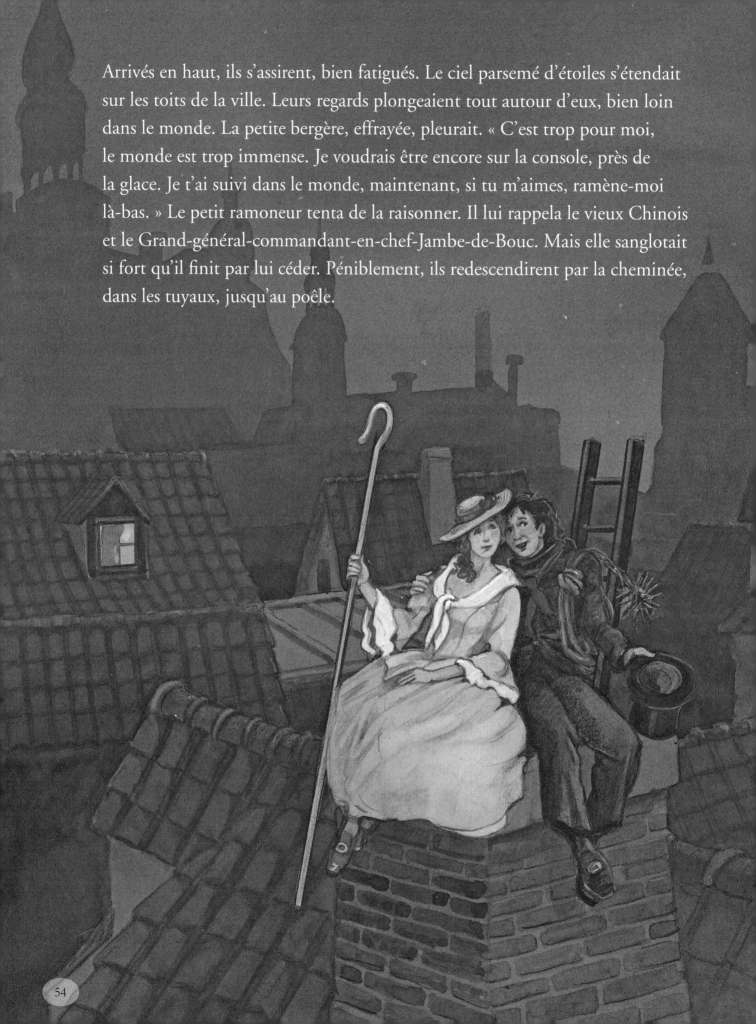

Arrivés en haut, ils s'assirent, bien fatigués. Le ciel parsemé d'étoiles s'étendait sur les toits de la ville. Leurs regards plongeaient tout autour d'eux, bien loin dans le monde. La petite bergère, effrayée, pleurait. « C'est trop pour moi, le monde est trop immense. Je voudrais être encore sur la console, près de la glace. Je t'ai suivi dans le monde, maintenant, si tu m'aimes, ramène-moi là-bas. » Le petit ramoneur tenta de la raisonner. Il lui rappela le vieux Chinois et le Grand-général-commandant-en-chef-Jambe-de-Bouc. Mais elle sanglotait si fort qu'il finit par lui céder. Péniblement, ils redescendirent par la cheminée, dans les tuyaux, jusqu'au poêle.

Là, ils s'arrêtèrent pour écouter ce qui se passait dans la chambre. Comme tout était tranquille, ils sortirent la tête pour voir.

Hélas, le vieux Chinois gisait au milieu du plancher. En voulant les poursuivre, il était tombé et s'était brisé en trois morceaux. Son dos et sa tête avaient roulé chacun dans un coin. Le Grand-général-commandant-en-chef-Jambe-de-Bouc ne bougeait pas et réfléchissait. « C'est terrible, dit la bergère, le vieux grand-père s'est brisé. C'est notre faute. » Et elle tordait ses petites mains. « On pourra le recoller, dit le ramoneur. Si on lui recolle le dos et qu'on lui met un bon support à la nuque, il sera aussi solide qu'avant et pourra encore nous dire beaucoup de choses désagréables. »

Ils remontèrent sur la console, là où ils avaient toujours été.

« En restant ici, nous aurions pu nous épargner
beaucoup de peine, dit le ramoneur.
– Oh, si seulement notre vieux grand-père était recollé,
dit la bergère. » Et le grand-père fut réparé. Avec un bon
support dans le cou, il devint comme neuf, sauf qu'il
ne pouvait plus hocher la tête. « Vous faites bien le fier,
maintenant, dit le Grand-général-commandant-en-chef-
Jambe-de-Bouc. Pourquoi vous tenez-vous si raide ?
Voulez-vous m'accorder la main de la bergère, oui ou non ? »
Le ramoneur et la petite bergère regardaient le vieux Chinois
d'un air suppliant, craignant qu'il ne hoche la tête.
Mais il ne pouvait pas et aurait eu honte de dire qu'il avait
un support dans le cou. C'est ainsi que les deux jeunes gens
de porcelaine restèrent ensemble. Bénissant le cou raide
du grand-père, ils s'aimèrent jusqu'au jour où ils furent
eux-mêmes brisés.

LA REINE DES NEIGES

Un jour, le Diable confectionna un miroir qui avait
la propriété de faire disparaître la beauté qui
s'y réfléchissait et, au contraire, de faire ressortir
ce qui était mauvais ou déplaisant. Le Diable courut
partout dans l'univers avec son fameux miroir,
et les diablotins volèrent vers le ciel pour se moquer
des anges et du bon Dieu. Tout à coup, le miroir
trembla tant qu'il échappa des mains des diablotins,
retomba sur Terre et se brisa en milliards de morceaux.
Ses débris, pas plus gros que des grains de sable, furent
éparpillés à travers le monde. Les gens qui reçurent
cette poussière dans les yeux voyaient tout en mal,
tout en laid et tout à l'envers. Ils ne voyaient plus que
les défauts de chaque créature. De petits morceaux
descendirent jusqu'au cœur de certains hommes.

Ce fut épouvantable, car leur cœur devint
aussi froid et insensible qu'un morceau de glace.
Dans une grande ville vivaient deux enfants :
Kay, un petit garçon, et Gerda, une petite fille.

Ils habitaient deux mansardes en face l'une de l'autre. Les toits des deux maisons étaient si proches qu'on avait posé entre elles comme un pont formé par des caisses où poussaient des rosiers. Les deux enfants venaient s'y asseoir, sur de petits bancs, entre les rosiers. Mais l'hiver, à cause du froid, ils étaient privés de ce plaisir. Alors, ils se regardaient par leurs fenêtres couvertes de glace, où ils avaient aménagé un petit rond pour se voir.

C'était l'hiver. Kay, monté sur une chaise, regardait la neige tomber en gros flocons. « Ce sont les abeilles blanches », dit la grand-mère de Kay. Un grand flocon, tombé sur la vitre, se transforma en une jeune fille de glace.

Il s'agissait de la Reine des Neiges. Elle fit au petit garçon un signe de la main. L'hiver passa, le printemps revint et les deux enfants se retrouvèrent assis côte à côte, dans leur petit jardin, au milieu des roses. Un jour, alors que Kay et Gerda regardaient un livre d'images, Kay s'écria soudain : « Aïe, il m'est entré quelque chose dans l'œil ! »

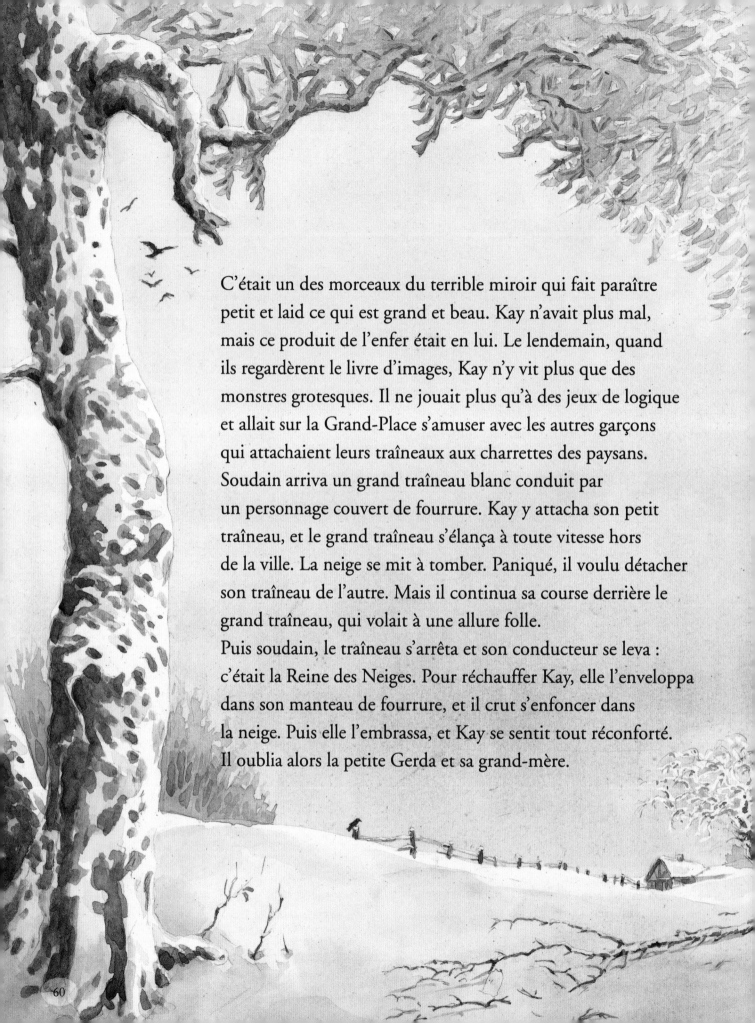

C'était un des morceaux du terrible miroir qui fait paraître
petit et laid ce qui est grand et beau. Kay n'avait plus mal,
mais ce produit de l'enfer était en lui. Le lendemain, quand
ils regardèrent le livre d'images, Kay n'y vit plus que des
monstres grotesques. Il ne jouait plus qu'à des jeux de logique
et allait sur la Grand-Place s'amuser avec les autres garçons
qui attachaient leurs traîneaux aux charrettes des paysans.
Soudain arriva un grand traîneau blanc conduit par
un personnage couvert de fourrure. Kay y attacha son petit
traîneau, et le grand traîneau s'élança à toute vitesse hors
de la ville. La neige se mit à tomber. Paniqué, il voulu détacher
son traîneau de l'autre. Mais il continua sa course derrière le
grand traîneau, qui volait à une allure folle.
Puis soudain, le traîneau s'arrêta et son conducteur se leva :
c'était la Reine des Neiges. Pour réchauffer Kay, elle l'enveloppa
dans son manteau de fourrure, et il crut s'enfoncer dans
la neige. Puis elle l'embrassa, et Kay se sentit tout réconforté.
Il oublia alors la petite Gerda et sa grand-mère.

La Reine des Neiges était si belle qu'elle ne lui parut plus formée
de glace comme lorsqu'il l'avait vue devant la fenêtre de la mansarde.
Ils traversèrent bois, lacs, et mers. Kay s'endormit aux pieds
de la Reine des Neiges. Ne voyant pas revenir son ami Kay,
la petite Gerda pleura, croyant qu'il était mort. Quand le printemps
revint, elle enfila ses souliers rouges et alla demander à la rivière :
« As-tu vu mon ami Kay ? Je te donnerai mes jolis souliers,
si tu me le rends. »

Et pour lancer ses souliers au milieu de la rivière, elle monta sur une barque.
La barque descendit la rivière et Gerda arriva devant une maisonnette.
Une vieille femme avec une béquille en sortit. Elle attira la barque avec
sa béquille et conduisit Gerda dans sa maison. L'enfant lui raconta son
aventure. La vieille était une magicienne qui voulut garder Gerda
auprès d'elle. Aussi, avec sa béquille, elle fit disparaître
tous les rosiers afin qu'ils ne rappellent pas à
la petite fille ceux de leur jardin, devant la
mansarde,
et son ami Kay. Mais un jour, Gerda,
en jouant au milieu des fleurs,
vit qu'il manquait des roses.

Elle les chercha partout dans le jardin, mais n'en trouva pas.
Elle se mit à pleurer, et là où ses larmes tombèrent, un rosier
surgit. Gerda, toute joyeuse, embrassa chacune des roses,
et se souvint des roses de la mansarde et du petit Kay.
« Savez-vous si Kay est mort ? demanda-t-elle aux roses.
– Non, il n'est pas mort ! » répondirent-elles. Mais aucune
des fleurs du jardin ne put donner des nouvelles de Kay.
Gerda s'enfuit alors au loin. Quand elle fut fatiguée, elle s'assit
pour se reposer. Une corneille voulut savoir où elle allait.
Gerda lui raconta ses aventures et lui demanda
si elle avait vu le petit Kay.

« Peut-être, dit l'oiseau. Mais il t'aura oubliée, car il ne pense plus
à personne ! » Et l'oiseau raconta : « Quand la princesse de ce royaume
voulut se marier, elle décida que, parmi tous les jeunes gens qui
se présenteraient au palais, celui qui parlerait le mieux l'épouserait.
Les jeunes gens accoururent, mais furent tous renvoyés. Car devant
la princesse, ils balbutiaient. Un jour, poursuivit la corneille,
se présenta un petit homme qui portait sur son dos un traîneau.
Arrivé devant la princesse, il parla bien, et l'épousa.
– C'est sûr, c'était Kay, dit Gerda. Il savait tant de choses. »
Gerda voulut le voir. La corneille la fit alors entrer au palais
et la conduisit jusqu'à la chambre où dormait le prince.
Gerda s'approcha et vit qu'il ne s'agissait pas de son petit Kay.

Le prince et la princesse se réveillèrent et Gerda leur raconta
son histoire, qui les émut. Aussi, le lendemain, la princesse lui offrit
un carrosse neuf en or, pour qu'elle reparte à la recherche de Kay.
Traversant une forêt dans son carrosse, Gerda fut attaquée par des
brigands. Mais la petite fille des brigands voulait jouer avec elle.
On la mit dans le carrosse, à côté de Gerda qui lui raconta
ses aventures. Le carrosse arriva dans la cour d'un vieux château,
le repaire des bandits. Dans la grande salle se trouvaient deux pigeons
ramiers et un renne. Les ramiers dirent à Gerda : « Nous avons vu
le petit Kay. Il était assis dans le traîneau de la Reine des Neiges,
et allait sans doute en Laponie, là où la Reine a son palais d'été. »

La petite brigande demanda au renne de conduire
Gerda jusqu'à ce palais. Le renne bondit de joie.
Gerda s'assit sur son dos et il partit comme une flèche,
galopant jour et nuit à travers forêts et steppes.
Ils arrivèrent en Laponie et firent halte dans la hutte
d'une vieille Lapone à qui le renne raconta l'histoire
de Gerda. « Continuez votre route jusqu'à la province
du Finnmark, c'est là qu'habite la Reine des Neiges.
Une fois là, une amie vous dira comment trouver
son palais. » Arrivés dans le Finnmark, cette amie
leur expliqua : « Le petit Kay est en effet chez la Reine
des Neiges. Il y est très heureux.

Cela vient de ce qu'il a au cœur un éclat de verre et
dans l'œil un grain de ce même verre, qui dénature les
sentiments et les idées. Il faut les lui retirer, sinon il ne
reviendra jamais. Seule Gerda peut parvenir jusqu'au
palais de la Reine des Neiges et enlever les deux débris
de verre qui ont causé tant de mal. Conduis-la jusqu'au
jardin de la Reine des Neiges. » Et Gerda repartit sur le
renne, qui la déposa devant le palais. La neige y tombait
à gros flocons.

Gerda s'approcha du palais. Ses murailles étaient faites de neige amassée par les vents. Les pièces étaient éclairées par les feux de l'aurore boréale. Dans la grande salle, on voyait un lac gelé dont la glace était fendue en milliers de morceaux. Le petit Kay était là, bleu de froid, mais il ne le sentait pas. La Reine des Neiges lui avait enlevé toute sensation de frisson. Kay jouait avec des morceaux de glace qu'il plaçait les uns à côté des autres en cherchant à composer avec eux le mot Éternité. C'était le grand jeu de l'intelligence. La Reine des Neiges lui avait dit : « Si tu peux former cette figure, tu seras ton propre maître. Je te donnerai la terre entière et une paire de patins neufs. » Puis la Reine des Neiges était partie en voyage, laissant Kay seul.

C'est ainsi que Gerda entra
dans le palais. Elle sauta au cou de Kay
en s'écriant : « Enfin, je t'ai retrouvé ! »
Mais il ne bougea pas, les yeux rivés sur ses morceaux
de glace. Gerda pleura et ses larmes tombèrent sur
la poitrine de Kay, pénétrant jusqu'à son cœur et en fondirent
la glace. Le vilain éclat de verre fut ainsi emporté avec la glace
fondue. Kay leva la tête et regarda Gerda, qui se mit à chanter
un cantique qu'il connaissait. Alors Kay éclata en sanglots,
des larmes jaillirent de ses yeux et le débris de verre
en sortit. Il reconnut Gerda et s'écria : « Où étais-tu
pendant si longtemps, et moi, où étais-je ? »

Tandis que les deux enfants se serraient de toutes leurs forces dans leurs bras, les morceaux de glace se mirent à écrire le mot Éternité. Gerda embrassa Kay et tous deux sortirent du palais. Ils parlèrent de la grand-mère et des roses du jardinet, sur les toits.

Dans le jardin, le renne les attendait avec une jeune femelle. Les deux rennes les conduisirent chez la Finnoise puis chez la Laponne, qui donna à Kay des habits neufs et son traîneau. Puis elle les conduisit jusqu'à la frontière de son pays. Là, Kay et Gerda prirent congé de la Laponne et des rennes. Soudain, Gerda aperçut sur un cheval la petite brigande. Celle-ci reconnut son amie et lui demanda le récit de ses aventures, puis elle reprit son voyage. Kay et Gerda marchaient au milieu de la verdure, c'était le printemps. Les cloches sonnèrent, ils aperçurent la ville où ils vivaient et allèrent chez la grand-mère. En passant devant la glace, ils s'aperçurent qu'ils étaient devenus de grandes personnes. Les roses devant les mansardes étaient fleuries. Ils restèrent longtemps assis, se tenant par la main. Ils avaient grandi et cependant ils étaient encore enfants, enfants par le cœur.

LA PETITE POUCETTE

Une femme qui désirait avoir un enfant alla
demander conseil à une sorcière, qui lui dit :
« Voici un grain d'orge, mets-le dans un pot de
fleurs, et tu verras. » La femme rentra chez elle
et planta le grain d'orge. Bientôt sortit de terre
une grande fleur en bouton. « Quelle jolie fleur ! »
pensa la femme en posant un baiser sur les feuilles.
Alors la fleur s'ouvrit. C'était une tulipe,
et à l'intérieur, était assise une jolie petite fille,
haute d'un pouce tout au plus. On l'appela
la petite Poucette. Elle reçut pour berceau une
coque de noix, pour lit des feuilles de violette
et pour couverture une feuille de rose. Tout le jour,
elle jouait dans une assiette ornée de fleurs,
et remplie d'eau. Là, Poucette, assise sur
une feuille, voguait d'un bord à l'autre
en chantant une douce mélodie. Une nuit,
un crapaud entra dans la chambre et sauta
sur la feuille où dormait la petite fille.

« Quelle jolie femme pour mon fils ! » se dit-il. Il prit la coque de noix et emporta la petite près du ruisseau où il habitait avec son fils. Il plaça la coque de noix sur une grande feuille, au milieu du ruisseau. Ainsi, quand Poucette s'éveilla, elle se vit entourée d'eau et loin de toute terre. Le crapaud revint voir Poucette avec son fils et lui dit :

« Je te présente ton futur époux. Je vous ai préparé une chambre magnifique. »
Puis ils s'éloignèrent, laissant Poucette sur la feuille verte, pleurant
en pensant au mariage qui l'attendait. Un poisson, voyant la petite
fille si malheureuse, décida d'empêcher les noces.
Il détacha la feuille, qui partit sur la rivière, loin
des crapauds. Tout à coup, un grand hanneton prit
Poucette dans ses bras et l'emporta dans un arbre.
Il la posa sur une feuille, lui offrit du suc des fleurs
et admira sa beauté.

Mais les demoiselles hannetons s'écrièrent :
« Comme elle est laide, elle n'a que deux jambes et
pas d'antennes ! » Le hanneton, en entendant cela,
finit aussi par la croire laide et lui rendit sa liberté
en la posant sur une pâquerette. Poucette passa tout
l'été dans la grande forêt. Nourrie du suc des fleurs,
elle buvait la rosée du matin. Le rude hiver arriva,
les fleurs flétrirent et la feuille qui formait son lit
se dessécha.

Quand la neige arriva, Poucette ne cessa
de trembler de froid. Elle quitta la forêt
et arriva par un petit trou à la demeure
d'une souris, cachée sous la paille.
Une vieille souris la fit entrer, lui donna
à manger et déclara : « Tu peux passer
l'hiver ici si tu nettoies ma chambre
et me racontes de belles histoires. »
Un jour, la souris dit : « Mon voisin
va venir, il est riche. Si tu voulais l'épouser,
tu serais bien heureuse. » Le voisin était
une taupe. Il parla de ses richesses, mais
pas des fleurs et du soleil qu'il n'avait jamais
vus. Il songea à épouser Poucette, et proposa
une promenade dans ses souterrains.
Là où la lumière pénétrait par un trou,
ils virent une hirondelle morte de faim,
ce qui chagrina beaucoup Poucette.
Mais la taupe s'exclama : « Quel malheur
d'être un oiseau, on fait "quivit" !
et l'hiver venu, on meurt de faim ! »
Poucette ne dit rien, et alla
en cachette poser un baiser
sur l'oiseau mort. La nuit,
elle revint le recouvrir
d'un peu de foin.

« Adieu, bel oiseau ! » dit-elle. Elle entendit alors battre le cœur
de l'oiseau qui, réchauffé, reprenait vie. La nuit suivante, elle revint
auprès du malade qui lui dit : « Merci, tu m'as bien réchauffé.
Mes forces retrouvées, je m'envolerai dans les airs.
– Hélas, soupira Poucette, dehors, il neige. Reste ici. » Et pendant tout
l'hiver, elle soigna l'hirondelle. Au printemps, l'oiseau fit ses adieux,
et par le trou dans le plafond du souterrain s'envola dans le ciel.
Poucette était triste, mais elle ne pouvait pas suivre l'hirondelle et
abandonner la vieille souris. Tous les jours, elle allait à la porte
regarder le ciel bleu en pensant
à l'hirondelle. Entre-temps,
la taupe avait demandé
sa main.

L'automne arriva et Poucette pleurait,
car elle ne voulait pas épouser la taupe. Le jour
de la noce arriva. Poucette, qui allait vivre sous
la terre et ne verrait plus jamais le soleil,
dit tristement : « Adieu soleil, adieu petite fleur,
si jamais tu vois l'hirondelle, salue-la de ma part.
– Quivit, quivit ! » entendit-elle crier au même
instant. Elle vit dans le ciel l'hirondelle.
L'oiseau était tout joyeux en apercevant Poucette.
Celle-ci lui raconta qu'on voulait lui faire épouser
la taupe, et qu'elle vivrait sous terre, sans voir
le soleil. « L'hiver arrive, je vais dans les pays
chauds, monte sur mon dos et viens avec moi ! »
proposa l'hirondelle.

Poucette s'assit sur le dos de l'oiseau et fut emportée
par-dessus la forêt, la mer et les montagnes.
Ils arrivèrent aux pays chauds. L'hirondelle s'arrêta
près d'un vieux château entouré de colonnes.
Au sommet se trouvaient une quantité de nids.
L'un d'eux était celui de l'hirondelle. De belles
fleurs blanches poussaient entre les fragments
d'une colonne renversée. L'hirondelle déposa
Poucette sur une large feuille. Là, toute étonnée,
elle vit un petit homme transparent comme
du verre assis dans la fleur. Il portait sur la tête
une couronne d'or et sur les épaules des ailes
brillantes. C'était le génie de la fleur.

Chaque fleur servait de palais à un petit homme et à une petite femme, et le petit prince régnait sur tout ce peuple. En apercevant l'oiseau gigantesque, il s'effraya, mais Poucette lui semblait la plus belle fille du monde. Il lui posa sa couronne d'or sur la tête et lui demanda si elle voulait bien être sa femme et devenir la reine des fleurs. Poucette accepta. De chaque fleur sortirent un monsieur et une dame qui lui offrirent des cadeaux. Elle fut enchantée de recevoir une paire d'ailes transparentes. Elle les attacha à ses épaules et put ainsi voler de fleur en fleur. « Tu t'appelleras Maïa, désormais, car tu es la reine des fleurs. – Adieu, adieu ! » dit l'hirondelle, en s'envolant vers d'autres contrées. Elle regagna son nid au-dessus de la fenêtre où l'auteur de ces contes attendait son retour, et elle lui raconta son aventure.

LES HABITS NEUFS DE L'EMPEREUR

Il y a longtemps, vivait un empereur qui aimait par-dessus
tout les beaux habits neufs. Il dépensait tout son argent pour
être bien habillé. Il ne s'intéressait ni à ses soldats ni aux
promenades en voiture, si ce n'est pour faire parade de ses
habits neufs. Il en avait un pour chaque heure de la journée.
Un jour, deux escrocs arrivèrent dans la ville, se faisant passer
pour des tisserands. Ils se vantaient de savoir tisser l'étoffe
la plus splendide que l'on puisse imaginer. Les vêtements
cousus dans cette étoffe avaient la vertu d'être invisibles
pour tous ceux qui étaient des sots. « Ce seraient de précieux
habits, pensa l'empereur. En les portant, je distinguerais les
hommes intelligents des imbéciles. » L'empereur donna une
grosse somme d'argent aux deux escrocs pour qu'ils se mettent
à l'ouvrage.

Ils installèrent deux métiers à tisser et firent semblant de travailler, mais il n'y avait aucun fil sur leurs métiers. Ils réclamaient des fils de soie et d'or, mais ils les mettaient dans leur sac et continuaient à travailler sur des métiers vides. Un jour, l'empereur voulut savoir où en était le travail, mais, craignant de passer pour un sot s'il ne voyait rien, il envoya son ministre, un homme intelligent et de bon jugement. Le vieux ministre se rendit à l'atelier où les deux menteurs travaillaient. « Mon Dieu ! pensa le vieux ministre, je ne vois rien du tout ! » Et comme les deux escrocs lui demandaient d'admirer le beau dessin et les ravissantes couleurs, le vieux ministre se dit : « Serais-je un sot ? Je ne dois surtout pas déclarer que je ne vois pas cette étoffe.

– Vous ne dites rien ? dit l'un des artisans. C'est ravissant ! répondit le vieux ministre. Ce dessin, ces couleurs ! Je dirai à l'empereur que cela me plaît infiniment. »

Les deux tisserands, tout contents, annonçaient le nom des couleurs.
Le ministre écoutait pour pouvoir répéter chaque mot à l'empereur, et c'est ce qu'il fit.
Les escrocs réclamèrent encore de l'argent, des soies et de l'or filé. Ils mettaient tout
dans leurs poches et pas un fil sur le métier, et continuaient à faire semblant de travailler.

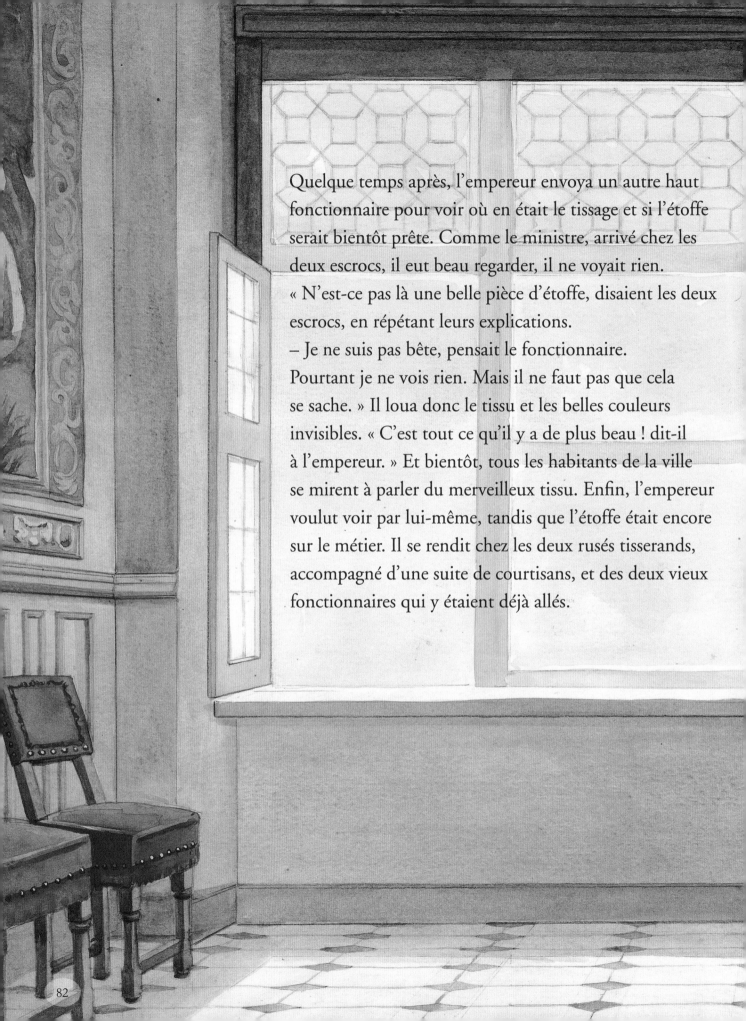

Quelque temps après, l'empereur envoya un autre haut
fonctionnaire pour voir où en était le tissage et si l'étoffe
serait bientôt prête. Comme le ministre, arrivé chez les
deux escrocs, il eut beau regarder, il ne voyait rien.

« N'est-ce pas là une belle pièce d'étoffe, disaient les deux
escrocs, en répétant leurs explications.

– Je ne suis pas bête, pensait le fonctionnaire.
Pourtant je ne vois rien. Mais il ne faut pas que cela
se sache. » Il loua donc le tissu et les belles couleurs
invisibles. « C'est tout ce qu'il y a de plus beau ! dit-il
à l'empereur. » Et bientôt, tous les habitants de la ville
se mirent à parler du merveilleux tissu. Enfin, l'empereur
voulut voir par lui-même, tandis que l'étoffe était encore
sur le métier. Il se rendit chez les deux rusés tisserands,
accompagné d'une suite de courtisans, et des deux vieux
fonctionnaires qui y étaient déjà allés.

« N'est-ce pas magnifique ! s'exclamaient les deux
fonctionnaires, que Votre Majesté admire ces teintes
et ce dessin ! » Ils montraient du doigt le métier
vide, s'imaginant que les autres voyaient quelque
chose. « Comment ! pensa l'empereur. Je ne vois rien,
c'est épouvantable ! Suis-je un sot ? » se demanda-t-il.
Mais il répondit, pour ne pas perdre la face :
« Ce tissu est de toute beauté, vous avez ma plus haute
approbation. » Il ne voulait pas avouer qu'il ne voyait
rien. Les courtisans regardaient sans rien voir de plus
que les autres, mais ils disaient comme l'empereur :
« Oh, de toute beauté ! » Et ils conseillèrent à l'empereur
d'étrenner l'habit taillé dans cette étoffe splendide le jour
de la grande procession qui se préparait. « Magnifique ! »
Tous n'avaient que ce mot à la bouche.

La nuit précédant le jour de la procession, les escrocs restèrent à travailler à la lueur des chandelles. Ils faisaient semblant de tailler en l'air avec des ciseaux, de coudre sans aiguille et sans fil et s'écrièrent enfin : « Regardez, l'habit est terminé ! » L'empereur vint lui-même avec ses courtisans. Les deux menteurs levaient un bras comme s'ils tenaient quelque chose : « Voici le pantalon, voici l'habit ! Voilà le manteau !
Cette étoffe est aussi légère qu'une toile d'araignée, on croirait n'avoir rien sur le corps !
– Oui, oui ! » dirent les courtisans, mais ils ne voyaient rien.

« Votre Majesté veut-elle avoir la bonté de retirer ses vêtements, afin que nous puissions lui mettre les nouveaux, là, devant le miroir ? » demandèrent les deux tisserands. L'empereur enleva ses vêtements et les escrocs firent semblant de lui mettre les nouveaux vêtements. L'empereur se tournait devant le miroir. « Dieu, comme cela va bien ! disait chacun. Quels luxueux vêtements ! » Et le Grand Maître des Cérémonies vint chercher l'empereur pour ouvrir la procession. L'empereur se regardait encore devant le miroir, faisant semblant de tout examiner. Les chambellans se mirent à marcher, les mains levées, comme s'ils portaient la traîne du manteau de cour.

L'empereur allait devant la procession sous un magnifique dais et tous
ses sujets, dans la rue et aux fenêtres, s'écriaient : « Comme le nouvel habit
de l'empereur est admirable ! » Personne ne voulait avouer qu'il ne voyait
rien, puisque cela aurait montré qu'il était sot. Soudain, un petit enfant
cria dans la foule : « Mais il n'a pas d'habit du tout !

– Grands dieux ! Entendez, c'est la voix de l'innocence », dit son père.
Et tous chuchotèrent : « Il n'a pas d'habit du tout !

– Il n'a pas d'habit du tout ! cria enfin le peuple tout entier. »
L'empereur frissonna, il lui semblait bien que son peuple avait raison,
mais il pensait qu'il devait tenir bon jusqu'à la fin de la procession.
Il se redressa fièrement et les chambellans continuèrent à porter
le manteau de cour et la traîne qui n'existaient pas.

LE BRIQUET

En revenant de la guerre, un soldat rencontra une sorcière.

« Bonsoir soldat, dit-elle. Je vais te donner tout l'argent que tu voudras.

– Merci, répondit le soldat, surpris.

– Regarde cet arbre creux, dit la sorcière. Grimpe au sommet,
tu y verras un trou. Laisse-toi glisser jusqu'au fond. Je t'attacherai
une corde autour du corps pour te remonter quand tu m'appelleras.

– Que ferai-je au fond de l'arbre ?

– Tu y prendras l'argent,
dit la sorcière. Quand tu seras au fond, tu verras devant toi trois portes
que tu ouvriras. Dans la première chambre, tu verras un chien assis
sur un coffre. Il a de grands yeux comme des soucoupes.
Je te donnerai mon tablier, tu l'étendras par terre, tu prendras le chien
que tu mettras sur ce tablier. Tu ouvriras le coffre et prendras autant
de pièces en cuivre que tu voudras.

Si tu préfères les pièces d'argent, va dans la deuxième chambre. Un chien y est assis, avec de grands yeux comme des roues de moulin. Pose-le sur mon tablier et prends des pièces d'argent, autant que tu en veux. Si tu préfères l'or, entre dans la troisième chambre. Le chien assis sur le coffre a les yeux grands comme la tour ronde de Copenhague. Pose le chien sur mon tablier et prends dans le coffre autant de pièces d'or que tu voudras. »

« Que devrai-je te donner en échange ? dit le soldat.

– Rapporte-moi seulement le briquet que ma grand-mère a oublié la dernière fois qu'elle est descendue dans l'arbre, répondit la sorcière.

– Bon, dit le soldat. Attache-moi à la corde.

– Voilà, et voici mon tablier. »

Le soldat grimpa dans l'arbre et descendit dans le trou. En bas, il ouvrit la première porte. Le chien, assis sur le coffre, le regardait fixement. Le soldat le posa sur le tablier et prit autant de pièces de cuivre qu'il put, referma le coffre, posa le chien dessus et entra dans la deuxième chambre. Un autre chien était assis là. Il le posa sur le tablier, mais en voyant le coffre plein de pièces d'argent, il jeta les sous en cuivre et remplit ses poches d'argent. Puis il passa dans la troisième chambre. Les yeux du chien qui se tenait là étaient vraiment grands chacun comme la tour de Copenhague. Le soldat posa le chien sur le tablier et ouvrit le coffre.

Dieu, c'était de l'or ! Il jeta bien vite les pièces d'argent et remplit d'or ses poches et son sac, remit le chien sur le coffre, trouva le briquet et cria dans le tronc d'arbre : « Remonte-moi !

– As-tu le briquet ? demanda-t-elle.

– Oui », dit-il. Et la sorcière le hissa jusqu'en haut. « Que feras-tu du briquet ? l'interrogea-t-il.

– Ça ne te regarde pas », dit la vieille. Le soldat tira alors son sabre, coupa la tête de la sorcière qui tomba, morte, par terre. Il enveloppa l'argent dans le tablier, mit le briquet dans sa poche et marcha vers la ville. Le soldat descendit dans la meilleure auberge et s'acheta des habits et des souliers neufs.

Il apprit que le roi avait une fille, une princesse ravissante et voulut la connaître. « On ne peut pas la voir, lui dit-on. Elle habite un grand château, mais seul le roi peut entrer chez elle. On lui a prédit que sa fille épouserait un soldat, et cela ne lui plaît pas. » Le soldat menait joyeuse vie, et le jour vint où il ne lui resta plus d'argent. Il dut aller loger dans une mansarde. Un soir, n'ayant même plus de quoi s'acheter une chandelle, il se souvint du briquet trouvé dans l'arbre creux où il était descendu. Il battit le silex du briquet.

L'étincelle jaillit, la porte s'ouvrit et le chien aux yeux grands comme des soucoupes parut devant lui : « Qu'ordonne mon maître ? demande l'animal. – Apporte-moi un peu d'argent. Et hop, l'animal revint avec dans sa gueule une bourse pleine de pièces de cuivre. Le soldat comprit que c'était un briquet miraculeux. S'il le battait une fois, c'était le chien du coffre aux monnaies de cuivre qui venait, en le battant deux fois, c'était celui qui gardait les pièces d'argent, et s'il battait trois fois son briquet, c'était le gardien des pièces d'or qui surgissait.

Le soldat put à nouveau porter de riches vêtements. Mais il désirait toujours voir la princesse. Alors il fit jaillir une étincelle de son briquet et le chien aux yeux grands comme des soucoupes apparut. « C'est la nuit, mais je veux voir la princesse », lui ordonna le soldat. En un clin d'œil, le chien revint en portant la princesse sur son dos.

Le jeune homme lui donna un baiser. Puis, vite, le chien courut ramener la jeune fille au château. Le lendemain, la princesse dit à ses parents qu'elle avait rêvé la nuit d'un soldat qui lui avait donné un baiser. On chargea la vieille dame de la cour de veiller sur la princesse. La nuit suivante, le soldat voulut revoir la jeune fille. Le chien revint donc et courut la chercher. Mais la vieille dame courut derrière lui, les vit entrer chez le soldat et sut ainsi où la princesse allait la nuit. Elle traça à la craie une croix sur la porte du soldat. Le chien, en repartant avec la princesse, vit la croix, comprit et traça une croix sur toutes les portes de la ville.

Au matin, quand le roi envoya des serviteurs là où sa fille avait été, ces derniers virent des croix sur toutes les maisons et ne purent trouver celle du soldat. Alors la reine attacha au dos de sa fille une bourse pleine de farine, où un petit trou au fond laissait la farine se répandre sur tout le chemin suivi par la princesse.

La nuit, le chien porta encore la princesse près du soldat. Mais il ne vit pas la farine répandue sur le chemin.

Le lendemain, le roi vit où sa fille avait été et le soldat fut saisi et jeté dans un cachot.

« Demain, tu seras pendu », lui dit-on. Par la fenêtre de son cachot, le soldat vit passer un garçon et, lui donnant quatre sous, lui demanda d'aller chercher son briquet chez lui, ce que fit le gamin.

Le jour de l'exécution, à côté du gibet, se tenaient le roi, la reine, les juges et tout le conseil. On permit au soldat de fumer une dernière pipe.

Il battit son briquet : une fois, deux fois, trois fois ! Et hop, surgirent les trois chiens aux grands yeux. « Empêchez qu'on me pende ! » cria le soldat aux chiens.

Alors ils sautèrent sur les juges, les membres du conseil et le roi et les lancèrent en l'air. La foule s'écria : « Petit soldat, tu seras notre roi ! » Le soldat monta dans le carrosse royal, les trois chiens gambadant devant, et alla chercher la princesse dans son château pour l'épouser.

LE MONTREUR DE MARIONNETTES

Au cours d'un de mes voyages, sur un paquebot, il y avait
un voyageur au visage si radieux qu'il semblait l'homme
le plus heureux de la terre. D'ailleurs lui-même me l'avait dit.
C'était un Danois comme moi, et il était directeur d'un théâtre
de marionnettes. Il promenait toute sa troupe avec lui,
dans une petite caisse. Déjà de nature gaie, il était devenu
un homme pleinement heureux, disait-il, grâce à un jeune ingénieur.
Voici ce qu'il me raconta : « Je donnais un spectacle dans la ville
de Slagelse, à l'hôtel La Cour de la Poste.
C'était une belle salle avec un public excellent, composé surtout
d'enfants et d'adolescents. Tout à coup entra un homme à l'allure
d'étudiant qui s'assit, rit et applaudit aux bons moments, bref,
un spectateur peu ordinaire ! J'appris que c'était un ingénieur
envoyé par l'École centrale pour faire des conférences à la campagne.

Mon spectacle finissait à huit heures, car les enfants doivent se coucher tôt. À neuf heures, l'ingénieur commença sa conférence, accompagnée d'expériences et, cette fois-ci, j'étais spectateur. Quel régal de l'écouter ! La plupart du temps cela me paraissait de l'hébreu et je me disais : nous, les hommes, sommes capables d'inventer beaucoup de choses, pourquoi alors ne trouvons-nous rien pour rallonger la durée de notre vie ? Il ne présentait, très vite mais très adroitement, que de petits miracles de la nature, tout en en respectant les règles. Au temps de Moïse et des prophètes, l'ingénieur aurait été un des sages du pays, et, au Moyen Âge, on l'aurait brûlé sur un bûcher.

Je pensais à lui toute la nuit, et le soir suivant je fus
heureux de voir que l'ingénieur était à nouveau dans
la salle. Un jour, un acteur m'avait dit que, lorsqu'il
jouait, il pensait toujours à une seule femme dans
la salle et jouait pour elle en oubliant les autres.
Pour moi, ce soir-là, l'ingénieur était la spectatrice
pour laquelle je jouais. Le spectacle terminé,
l'ingénieur m'invita à boire un verre chez lui.
Il me parla de ma comédie et je lui parlai de sa science,
nous nous amusâmes bien. Il y avait beaucoup de
choses qu'il ne savait expliquer dans ses expériences.
Par exemple, un morceau de fer qui passe dans
une spirale de fils électriques devient un aimant.
Est-il visité par un esprit, venant d'où ?
« Il en est ainsi avec les hommes », me suis-je dit.
Le bon Dieu leur fait rencontrer un esprit
et tout à coup nous avons un Napoléon,
un Luther et tant d'autres.

« Le monde n'est qu'une longue suite de miracles,
acquiesça le jeune ingénieur, et nous y sommes si habitués
qu'ils ne nous étonnent même plus. » Et il expliqua si bien
que j'eus l'impression de tout comprendre. Si je n'étais pas
si vieux, je m'inscrirais immédiatement à l'École centrale
pour comprendre le monde et cela bien que je fusse
l'un des hommes les plus heureux.

« Êtes-vous heureux ? demanda-t-il.
— Oui, répondis-je, je suis heureux. J'ai néanmoins un grand
souhait, qui trouble parfois ma bonne humeur. Je voudrais
diriger une troupe d'acteurs vivants. Vous souhaiteriez que
vos marionnettes deviennent des acteurs en chair et en os,
avec vous comme directeur ? demanda l'ingénieur.
Pensez-vous que cela vous rendrait heureux ? »

Il ne le pensait pas, mais moi, oui. On en discuta longuement sans que l'un puisse convaincre l'autre. Nous buvions du bon vin, mais il devait y avoir là quelque magie. Non, je n'étais pas saoul, je voyais très clairement la chambre inondée de soleil, avec le visage de l'ingénieur comme reflétant les dieux éternellement jeunes des temps anciens. Il sourit et déclara que mon plus grand souhait allait se réaliser : les marionnettes s'animeraient et je serais le directeur d'une vraie troupe d'acteurs vivants.

Nous trinquâmes et je me sentis comme passant à travers une spirale. Je me vis tomber par terre, et mon souhait se réalisa ! Toute ma troupe sortit de la petite caisse.

Toutes les marionnettes, comme visitées par un esprit, devinrent des artistes vivants et j'étais leur directeur. Pour le premier spectacle, tous les acteurs voulurent me parler. La ballerine prétendit que le théâtre allait s'écrouler si elle n'arrivait pas à tenir sur une seule pointe.

La marionnette qui jouait l'impératrice exigea d'être considérée comme telle en dehors de la scène pour mieux entrer dans son rôle. L'acteur qui n'avait qu'à porter une lettre sur la scène se crut aussi important que le jeune premier, car selon lui les petits rôles comptaient autant que les grands. Puis le héros principal demanda à ne dire que les répliques toujours applaudies. La princesse voulut jouer à la lumière rouge, la seule qui convenait à son teint.

Moi, leur directeur, au centre de tout cela, je ne savais
plus où donner de la tête. Je me trouvais comme devant
une nouvelle espèce humaine, et je souhaitais les voir
tous rentrer dans la boîte et ne plus jamais être leur
directeur. Quand je leur dis qu'en fait ils étaient tous
des marionnettes, ils me battirent à mort.
Je me retrouvais couché dans ma petite chambre.
Les marionnettes sorties de leur boîte gisaient les unes
sur les autres, sur le plancher éclairé par la lune.

Je repris conscience, sortis de mon lit et jetai toutes les marionnettes n'importe comment, dans la boîte. Je refermai le couvercle et m'assis dessus. « Vous resterez où vous êtes, ai-je dit, et je ne souhaiterai plus jamais que vous deveniez des acteurs en chair et en os ! » Ma bonne humeur était revenue, j'étais l'homme le plus heureux du monde, et je m'endormis sur la boîte. À mon réveil, j'étais encore assis là, heureux, ayant compris que mon souhait d'autrefois était stupide. Quant à l'ingénieur, il avait disparu. Et depuis lors, je suis le plus heureux des hommes. Je suis un directeur comblé, ma troupe ne me contredit pas, les spectateurs s'amusent de bon cœur. Je compose librement mes spectacles. Je présente les comédies les meilleures selon mes goûts et personne n'y trouve à redire. Je fais jouer les pièces dédaignées par les grands théâtres actuels, mais qui font pleurer les petits comme elles faisaient pleurer leurs pères et leurs mères il y a trente ans. J'ai parcouru le Danemark de long en large, je connais tout le monde et tout le monde me connaît. Je suis en ce moment en route pour la Suède et j'espère y rencontrer le même succès.

LES CYGNES SAUVAGES

Bien loin d'ici habitait un roi qui avait onze fils et une fille,
Élisa. Leur père se remaria avec une méchante reine.
Elle envoya Élisa à la campagne chez des paysans
et jeta un sort aux onze frères qui se transformèrent
en cygnes sauvages et s'envolèrent dans le ciel.
Élisa pensait souvent à sa famille. Lorsqu'elle eut
quinze ans, elle rentra au château de son père.
Voyant combien elle était belle, la méchante reine
entra en grande colère et se mit à la haïr.
Peu de temps après, la reine alla au bain, prit
trois crapauds et jeta trois mauvais sorts sur Élisa.
Mais la jeune fille était trop innocente pour que
la magie puisse avoir quelque pouvoir sur elle.
La méchante reine se mit alors à la frotter avec du brou
de noix. Son père, en la regardant, ne reconnut pas
son enfant. Désespérée, Élisa se glissa hors du château
et marcha vers la forêt.

Elle s'endormit sur la mousse et rêva de ses frères. À son réveil, elle entendit un clapotis d'eau près d'elle. Des sources coulaient vers un étang. Élisa s'en approcha. Quand elle vit son visage dans l'eau, elle fut épouvantée de le voir si noir et si laid ! Elle se baigna dans l'eau claire puis s'enfonça dans la forêt. La nuit venue, elle s'y endormit. Le lendemain, elle rencontra une vieille femme et lui demanda si elle n'avait pas vu onze princes chevauchant à travers la forêt.

« Non, dit la vieille, mais hier, j'ai aperçu onze cygnes nager sur la rivière. » Élisa se rendit à la rivière et marcha jusqu'à son embouchure.

Sur le rivage, onze plumes
blanches de cygne étaient
tombées. Elle en fit un bouquet.
Vers la fin du jour, onze cygnes sauvages
qui volaient l'un derrière l'autre vinrent
se poser près d'elle. Quand le soleil disparut
dans les flots, leur plumage tomba et Élisa vit
devant elle onze charmants princes : ses frères !
Élisa poussa un cri et se jeta dans leurs bras.
« Nous, tes frères, dit l'aîné, nous volons comme
cygnes sauvages tant que dure le jour. Quand vient
la nuit, nous reprenons notre apparence humaine.
Nous habitons de l'autre côté de l'océan.
Une fois par an, il nous est permis de visiter
le pays de nos aïeux. Nous pouvons y rester onze
jours. Mais dans deux jours, il faudra nous envoler
par-dessus la mer vers un pays qui n'est pas le nôtre. »

Le lendemain, quand Élisa s'éveilla, ses frères,
de nouveau métamorphosés, volaient au-dessus d'elle.
Le soir, à leur retour, ils avaient repris leur forme réelle.
« Demain, nous nous envolerons d'ici.
Veux-tu venir avec nous ?
– Oui ! » s'empressa de répondre la jeune fille.
Ils passèrent toute la nuit à tresser un filet d'écorce
de saule et de joncs. Élisa s'y étendit. Quand le soleil
parut, ses frères, changés en cygne, saisirent le filet
dans leur bec et s'envolèrent très haut, avec leur sœur
endormie. Bientôt, celle-ci aperçut le pays où
ils devaient se rendre. Avant le coucher du soleil,
elle était assise sur un rocher devant l'entrée d'une
grotte tapissée de plantes vertes. Élisa supplia Dieu
d'aider ses frères.

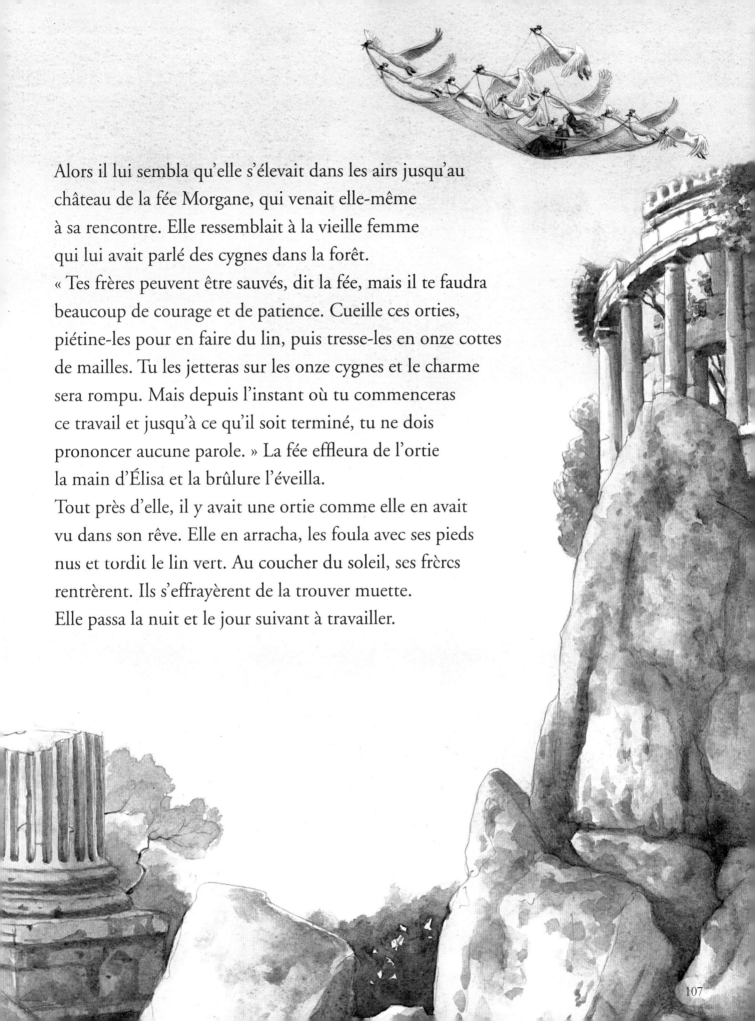

Alors il lui sembla qu'elle s'élevait dans les airs jusqu'au
château de la fée Morgane, qui venait elle-même
à sa rencontre. Elle ressemblait à la vieille femme
qui lui avait parlé des cygnes dans la forêt.
« Tes frères peuvent être sauvés, dit la fée, mais il te faudra
beaucoup de courage et de patience. Cueille ces orties,
piétine-les pour en faire du lin, puis tresse-les en onze cottes
de mailles. Tu les jetteras sur les onze cygnes et le charme
sera rompu. Mais depuis l'instant où tu commenceras
ce travail et jusqu'à ce qu'il soit terminé, tu ne dois
prononcer aucune parole. » La fée effleura de l'ortie
la main d'Élisa et la brûlure l'éveilla.
Tout près d'elle, il y avait une ortie comme elle en avait
vu dans son rêve. Elle en arracha, les foula avec ses pieds
nus et tordit le lin vert. Au coucher du soleil, ses frères
rentrèrent. Ils s'effrayèrent de la trouver muette.
Elle passa la nuit et le jour suivant à travailler.

Une cotte de mailles était déjà terminée,
elle commençait la seconde quand soudain,
des chasseurs avec leurs chiens vinrent jusqu'à
la grotte. Le plus beau d'entre eux, le roi du pays,
s'avança vers Élisa. « Comment es-tu venue ici ? »
s'écria-t-il. Élisa n'osait parler, car la vie de ses frères
en dépendait. « Viens avec moi », dit le roi.
Il l'emporta sur son cheval et la conduisit dans son
palais. Mais Élisa pleurait et se désolait. Le roi ouvrit
alors la porte d'une petite pièce attenante à celle
où elle devait dormir. Elle était ornée de tapisseries
rappelant la grotte où elle avait habité.
La botte de lin qu'elle avait filée avec les orties était
là, sur le parquet, et au plafond pendait la cotte déjà
terminée. « Ici, tu pourras rêver que tu es encore
dans ton ancien logis », dit le roi.

Chaque nuit, elle allait dans la petite pièce décorée et tricotait des cottes de mailles. Quand elle en fut à la septième, il ne lui restait plus de lin. Une nuit, elle sortit, alla au cimetière cueillir des orties, au milieu d'un groupe de sorcières, puis rentra au château. Mais l'archevêque l'avait vue et en avertit le roi. Celui-ci, en effet, remarqua qu'Élisa se levait chaque nuit pour aller dans sa petite pièce. Elle dut repartir au cimetière chercher des orties, mais cette fois, le roi et l'archevêque la suivirent. Ils virent alors les affreuses sorcières. Le roi, persuadé qu'Élisa était aussi une sorcière, la condamna à être brûlée vive dans un bûcher, malgré toute l'affection qu'il lui portait.

On la jeta dans un cachot avec la botte d'orties et les cottes de mailles.
Élisa se remit à son ouvrage. Le soir venu, elle entendit un bruissement
d'ailes de cygne devant les barreaux : c'était son plus jeune frère qui l'avait
retrouvée. Pendant cette dernière nuit, elle travailla sans relâche.

Tandis qu'on menait Élisa au bûcher, celle-ci continuait de tricoter
la onzième cotte de mailles. Soudain, venus par les airs, les onze cygnes
se posèrent autour d'elle. Elle jeta sur eux les onze cottes de mailles
et à leur place parurent onze princes. Alors le peuple, ayant vu le miracle,
s'inclina devant elle. Mais, épuisée, elle tomba inanimée.

Le bûcher se changea en un buisson de roses rouges. Le roi cueillit la fleur
blanche qui resplendissait à sa cime et la posa sur la poitrine d'Élisa.

Alors elle revint à elle, et raconta son histoire. Toutes les cloches se mirent
à sonner pour annoncer le mariage du roi avec Élisa.

L'INTRÉPIDE SOLDAT DE PLOMB

Il y avait une fois vingt-cinq soldats de plomb qui étaient tous frères.
La première chose qu'ils entendirent en ce monde, quand fut enlevé le couvercle
de la boîte qui les renfermait fut ce cri : « Des soldats de plomb ! » que poussait
un petit garçon en battant des mains. Il les avait reçus en cadeau pour sa fête
et il s'amusait à les ranger sur la table. Les soldats se ressemblaient tous,
à l'exception d'un seul, qui n'avait qu'une jambe. On l'avait jeté dans le moule
le dernier, et il ne restait pas assez de plomb. Cependant, il se tenait aussi ferme
sur cette jambe que les autres sur deux. Sur la table où étaient rangés les soldats
se trouvaient beaucoup d'autres joujoux. Le plus curieux de tous était un château
en papier. À travers les petites fenêtres, on pouvait voir jusque dans les salons.

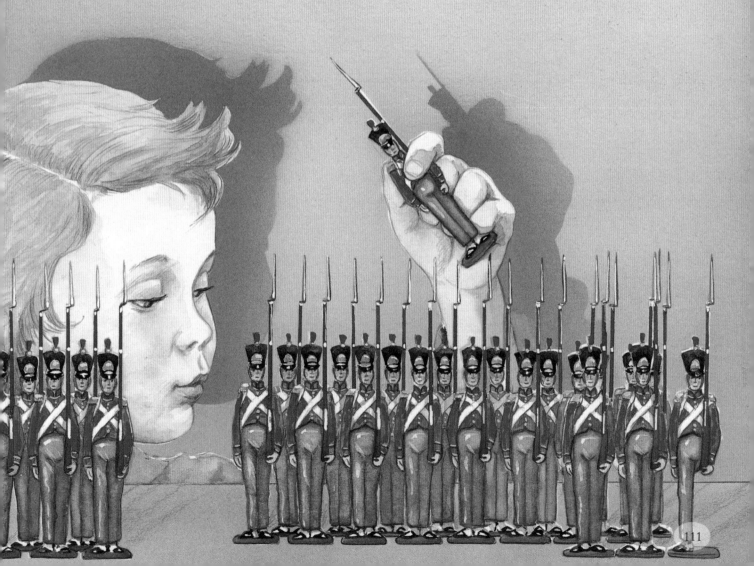

Au-dehors se dressaient de petits arbres autour d'un miroir imitant un petit lac où nageaient des cygnes en cire. Une charmante demoiselle en papier se tenait debout, devant la porte ouverte du château. Elle portait un jupon de linon transparent et très léger et au-dessus de l'épaule, en guise d'écharpe, un petit ruban bleu, étroit, au milieu duquel étincelait une paillette aussi grande que sa figure. La demoiselle tenait ses deux bras étendus, car c'était une danseuse. Elle levait une jambe si haut dans l'air que le petit soldat de plomb ne pouvait pas bien la voir et s'imagina que la demoiselle n'avait comme lui qu'une jambe. « Voilà une femme qui me conviendrait, pensa-t-il, mais elle est trop grande dame. Elle habite un château et moi une boîte. Toutefois, il faut que je fasse sa connaissance. »

Ce disant, il s'étendit derrière
une tabatière. Là, il pouvait
à son aise regarder l'élégante petite
dame, qui se tenait sur une jambe,
sans perdre l'équilibre.

Le soir, les autres soldats
furent rangés dans leur boîte
et les gens de la maison allèrent
se coucher. Aussitôt, les joujoux
commencèrent à s'amuser. Les soldats
de plomb s'agitaient dans leur boîte,
car eux aussi auraient voulu se divertir.
Mais comment soulever le couvercle ?
Tous les jouets s'agitaient, les seuls qui
ne bougeaient pas étaient le soldat de plomb
et la petite danseuse. Elle se tenait sur la pointe
du pied, et le soldat sur son unique jambe,
sans cesser de l'épier. Minuit sonna, crac !
Le couvercle de la tabatière sauta et il en sortit
un petit sorcier rouge.

113

« Soldat de plomb, dit le sorcier, tâche de porter ailleurs tes regards ! »

Mais le soldat fit semblant de ne pas entendre. « Attends jusqu'à demain,
et tu verras ! » reprit le sorcier. Le lendemain, lorsque les enfants furent levés,
ils placèrent le soldat de plomb à une seule jambe sur la fenêtre.

Mais tout à coup, enlevé par le sorcier ou par le vent, il s'envola du troisième
étage et tomba la tête la première sur le pavé.

Il se retrouva la jambe en l'air, sa baïonnette coincée entre deux pavés.
La servante et le petit garçon descendirent pour le chercher, mais ils faillirent
l'écraser sans le voir. La pluie se mit à tomber. Deux gamins passèrent :
« Oh ! dit l'un. Voilà un soldat de plomb, faisons-le naviguer. »

Ils construisirent un bateau avec un vieux journal, mirent le soldat dedans et lui firent descendre le ruisseau. Tout à coup, le bateau fut poussé dans un petit canal où il faisait aussi noir que dans la boîte à soldats. « Où vais-je ? C'est le sorcier qui me fait tout ce mal, songea le soldat. Ah, si seulement la belle demoiselle était dans le bateau avec moi. » Bientôt, un gros rat d'eau se présenta. C'était un habitant du canal. Il demanda au soldat son passeport. Le soldat garda le silence et serra son fusil.

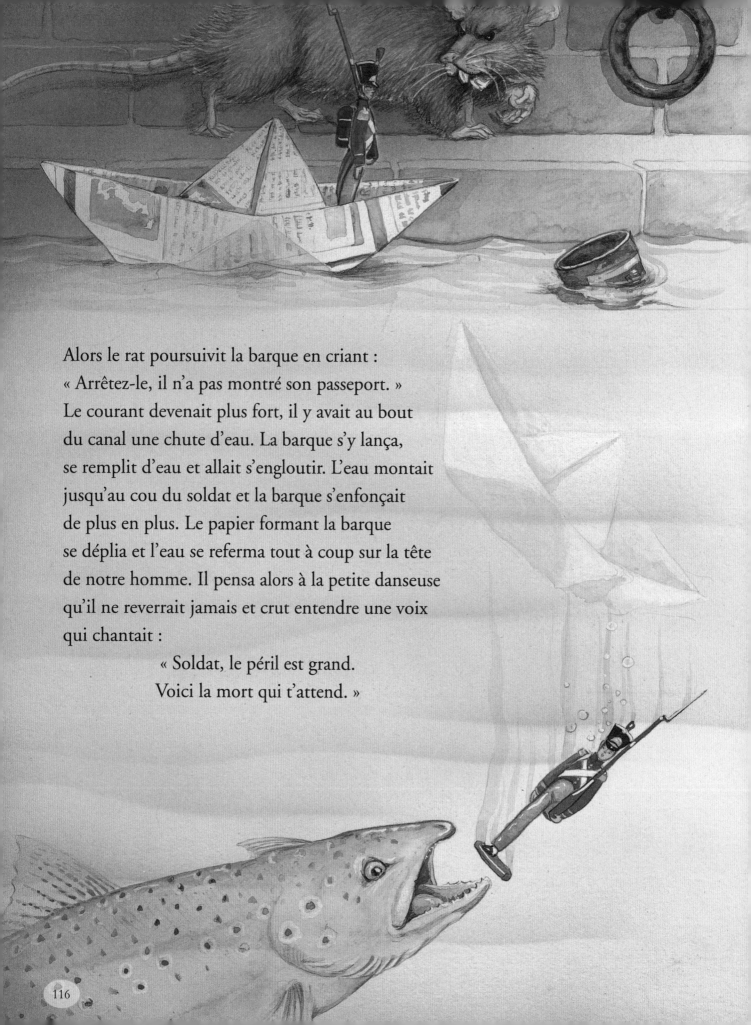

Alors le rat poursuivit la barque en criant :
« Arrêtez-le, il n'a pas montré son passeport. »
Le courant devenait plus fort, il y avait au bout
du canal une chute d'eau. La barque s'y lança,
se remplit d'eau et allait s'engloutir. L'eau montait
jusqu'au cou du soldat et la barque s'enfonçait
de plus en plus. Le papier formant la barque
se déplia et l'eau se referma tout à coup sur la tête
de notre homme. Il pensa alors à la petite danseuse
qu'il ne reverrait jamais et crut entendre une voix
qui chantait :

> « Soldat, le péril est grand.
> Voici la mort qui t'attend. »

Le papier se déchira et le soldat fut dévoré par un grand poisson. Comme il faisait noir dans son ventre ! Le soldat de plomb s'étendit de tout son long, l'arme au bras. Le poisson s'agitait en tous sens et un éclair parut le transpercer. C'est que le poisson avait été pêché, exposé au marché et acheté par la cuisinière de la maison du petit soldat. Quand elle ouvrit l'animal avec un couteau, elle trouva au milieu de son corps le soldat de plomb. Elle l'apporta dans la chambre où tout le monde voulut voir le soldat qui avait voyagé dans le ventre d'un poisson. On le plaça sur la table, et il se retrouva dans la même chambre d'où il était tombé par la fenêtre.

Il reconnut le château avec la petite danseuse qui se tenait toujours une jambe en l'air. Ils se regardèrent et ne se dirent pas un mot. Tout à coup, sans raison, un petit garçon prit le soldat et le jeta au feu. C'était sans doute le sorcier de la tabatière qui en était la cause. Le soldat de plomb était debout, toutes ses couleurs avaient disparu. Il éprouvait une chaleur horrible et regardait toujours la danseuse. Il se sentait fondre, mais tenait l'arme au bras. Soudain, une porte s'ouvrit, le vent enleva la danseuse qui vola sur le feu près du soldat, et disparut dans les flammes. Le soldat n'était plus qu'une petite masse. Le lendemain, quand la servante vida les cendres, elle y trouva comme un petit cœur de plomb. De la danseuse, il ne restait rien que la paillette, toute noircie par le feu, noire comme du charbon.

LE ROSSIGNOL ET L'EMPEREUR

Le palais de l'empereur de Chine était le plus beau
du monde. Le jardin, parsemé de fleurs, était si vaste
que même le jardinier n'en connaissait pas la fin. En y marchant
très loin, on arrivait à une forêt descendant jusqu'à la mer bleue. Là vivait un rossignol.
Son chant merveilleux charmait les pauvres pêcheurs. La nuit, en pêchant,
ils l'écoutaient, émerveillés. Tous ceux qui venaient admirer le château de l'empereur
et son jardin, quand ils allaient écouter le rossignol, s'exclamaient : « C'est encore ça
le plus beau ! » Des livres vantaient le château et le jardin,
mais ils mettaient le rossignol au-dessus
de tout. Un jour, l'empereur,
en lisant un de ces livres,
s'écria : « Le rossignol ?
Y a-t-il un tel oiseau
dans mon jardin ? »

Il fit venir son chancelier, et lui dit : « Il y a ici,
paraît-il, un oiseau extraordinaire, appelé rossignol.
Je veux qu'il vienne ici et chante pour moi !
– Je le trouverai », dit le chancelier.
Mais il ne rencontra personne connaissant
ce rossignol et revint dire à l'empereur qu'il s'agissait
d'une invention d'écrivains.
« Tous les livres en parlent, ce ne peut pas être faux.
Je veux entendre le rossignol. S'il ne vient pas,
toute la cour sera punie ! » dit l'empereur.
Le chancelier courut encore partout, et trouva enfin
dans la cuisine une petite fille qui le connaissait et
voulut bien le conduire près de lui. Ils partirent donc
loin dans la forêt. Là, soudain, le rossignol se mit
à chanter.

« C'est lui, écoutez… et le voilà, dit la fillette, en montrant un petit oiseau gris.

– Il a l'air bien ordinaire ! La peur lui aura fait perdre ses couleurs ! »

Le rossignol fit entendre un chant merveilleux, et le chancelier l'invita à venir le soir même à la cour, pour y charmer Sa Majesté Impériale de sa musique. Et le rossignol les suivit de bonne grâce. Dans la grande salle où siégeait l'empereur, toute la cour était présente. Le rossignol chanta si merveilleusement que l'empereur en eut les larmes aux yeux. Le succès fut tel que le rossignol resta à la cour, dans sa cage, qu'il pouvait quitter deux fois le jour et une fois la nuit, mais douze domestiques tenaient chacun un fil de soie attaché à sa patte.

Tous parlaient de l'oiseau miraculeux. Puis un jour arriva à la cour un paquet
contenant un rossignol mécanique au corps orné de diamants. On remontait
l'automate, et il chantait comme l'oiseau véritable. On voulut faire chanter
les deux oiseaux ensemble, mais ça n'allait pas très bien. L'automate chanta
donc seul. Il connut la gloire, d'autant plus qu'il était bien plus joli à regarder.
Il chanta trente-trois fois le même air sans être fatigué. Quand l'empereur
voulut ensuite faire chanter le véritable rossignol, il avait disparu.
Personne n'avait vu qu'il s'était envolé par la fenêtre ouverte, vers sa forêt.
Le maître de musique affirmait que l'automate était bien supérieur
au véritable oiseau. On le fit chanter devant le peuple qui l'écouta
avec grand plaisir.

Cependant, les pêcheurs, habitués au chant de leur petit oiseau de la forêt disaient : « C'est joli... mais il manque je ne sais quoi ! » Le vrai rossignol fut banni de l'empire. Un an passa. L'empereur, la cour et tous les Chinois savaient par cœur chaque son sorti de la gorge de l'oiseau mécanique et pouvaient chanter avec lui. Mais un soir... alors que l'empereur écoutait l'automate, il entendit un « couac » à l'intérieur de l'oiseau et la musique s'arrêta. L'empereur fit venir l'horloger pour le réparer. Mais les pivots étaient usés et l'oiseau mécanique ne chanta plus qu'une fois par an, car il fallait le ménager. Cinq ans passèrent, tout le pays eut un grand chagrin car l'empereur était très malade. Un nouvel empereur était déjà élu. Cependant, l'empereur n'était pas encore mort. Alors qu'il était couché dans son lit, le pauvre vit la Mort assise près de lui.

Tout autour d'elle, dans les plis des rideaux, des têtes étranges perçaient : les unes hideuses, les autres gracieuses. C'étaient les mauvaises et les bonnes actions de l'empereur qui le regardaient. « Te souviens-tu de cela ? » murmuraient-elles. Elles lui racontaient tant de choses que la sueur perlait à son front. « Musique ! cria l'empereur. Petit oiseau, chante ! » Mais l'oiseau restait silencieux. Alors, s'éleva soudain près de la fenêtre un chant délicieux. C'était le petit rossignol vivant, assis dans la verdure, au-dehors. Il avait entendu parler de la détresse de son empereur et venait lui chanter consolation et espoir. Tandis que le gazouillis s'élevait, les sinistres apparitions s'estompaient.

Le sang circulait de plus en plus vite dans les membres du mourant et la Mort elle-même disait : « Continue, petit rossignol, continue !
– Oui, mais donne-moi ton sabre d'or, et la couronne de l'empereur », dit l'oiseau.
La Mort donna ces joyaux pour un chant. Le rossignol chanta le cimetière paisible où poussent les roses blanches. La Mort eut la nostalgie de son jardin et se dissipa par la fenêtre.

« Merci, dit l'empereur. Petit oiseau, je te reconnais. Je t'ai chassé de mon empire et cependant, tu as repoussé de mon lit mes péchés, et de mon cœur la Mort ! Comment te récompenser ?

– Tu m'as déjà récompensé, dit l'oiseau, quand j'ai vu des larmes dans tes yeux la première fois que j'ai chanté pour toi. »

Il chanta et l'empereur s'endormit. Lorsqu'il s'éveilla, il était guéri et le rossignol chantait encore. « Reste toujours auprès de moi ! dit l'empereur. Tu ne chanteras que quand tu le voudras et je briserai l'oiseau mécanique.

– Non, dit le rossignol, il a fait tout ce qu'il pouvait. Garde-le toujours. Je ne peux pas, moi, vivre dans le château, mais permets-moi de venir quand cela te plaira. Je chanterai ceux qui sont heureux et ceux qui souffrent, le bien et le mal qui sont autour de toi et qu'on te cache. Le petit oiseau chanteur peut voler au loin, chez les pêcheurs et les paysans, chez tous ceux qui sont loin de toi et de ta cour. Je viendrai chanter pour toi, mais il faut me promettre une chose.

– Tout ce que tu voudras, dit l'empereur.

– Je te demande de ne révéler à personne que tu as un petit oiseau qui te dit tout. »
Et il s'envola. Les serviteurs entraient pour voir l'empereur mort, et il leur dit simplement : « Bonjour ! »

LA MALLE VOLANTE

Il était une fois un marchand turc,
si riche qu'il eût pu paver toute la rue
en pièces d'argent. À sa mort, son fils
hérita de tout cet argent et mena joyeuse
vie. L'argent filait vite, et bientôt le garçon
n'eut plus que quatre shillings et pour tout
vêtement qu'une paire de pantoufles et
une robe de chambre. Ses amis
l'abandonnèrent, sauf l'un d'eux, qui lui
envoya une vieille malle
en lui disant : « Fais tes paquets ! »
Comme il n'avait rien à mettre dans la malle, il s'y mit
lui-même. Quelle drôle de malle ! Si on appuyait sur
la serrure, elle pouvait voler. C'est ainsi qu'elle s'envola
avec lui dans les airs et l'emporta, tel qu'il était,
dans la ville.

Rien d'étonnant à cela, puisque dans ce pays,
tout le monde se promenait en robe de chambre
et en pantoufles. Voyant un grand château,
il demanda à une passante qui y habitait.

« C'est la fille du roi, répondit-elle. On lui a prédit qu'elle serait très malheureuse à cause d'un fiancé. Aussi, personne ne va chez elle sans que le roi et la reine soient présents. » Le fils du marchand retourna dans la forêt, s'assit dans la malle, vola jusqu'au toit du château et se glissa par la fenêtre chez la princesse.

Elle dormait sur un sofa, et était si adorable que le fils du marchand lui donna un baiser. Elle s'éveilla, effrayée, mais il lui affirma qu'il était le dieu des Turcs, venu vers elle à travers les airs. Il s'assit près d'elle, lui raconta de belles histoires et demanda sa main. La princesse accepta tout de suite.

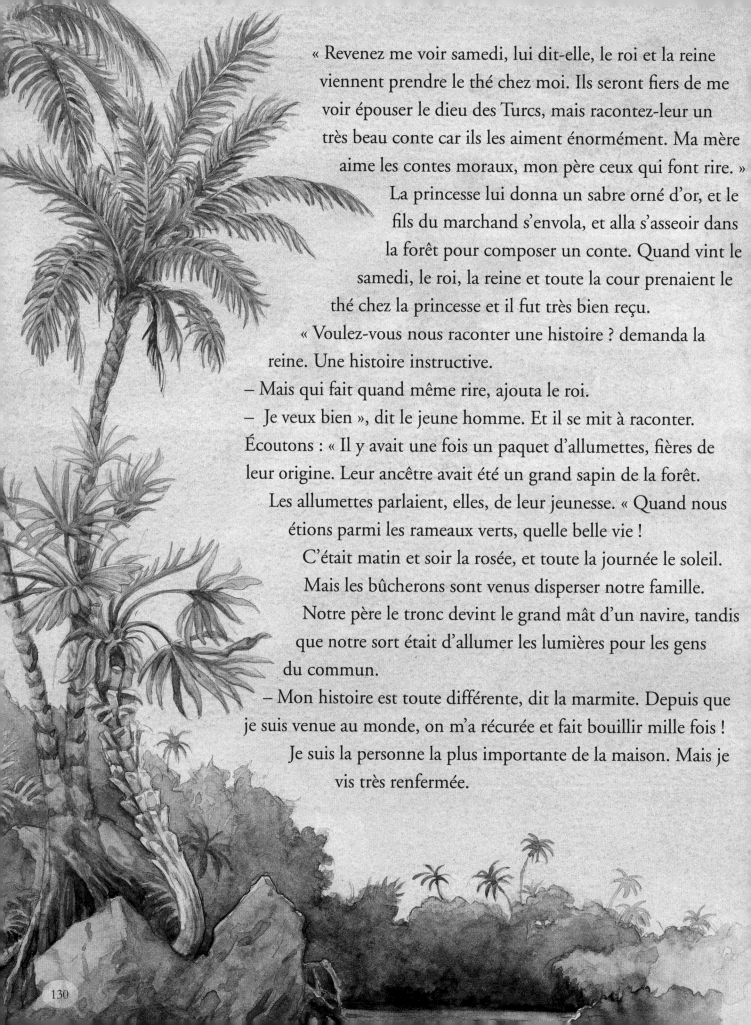

« Revenez me voir samedi, lui dit-elle, le roi et la reine viennent prendre le thé chez moi. Ils seront fiers de me voir épouser le dieu des Turcs, mais racontez-leur un très beau conte car ils les aiment énormément. Ma mère aime les contes moraux, mon père ceux qui font rire. »

La princesse lui donna un sabre orné d'or, et le fils du marchand s'envola, et alla s'asseoir dans la forêt pour composer un conte. Quand vint le samedi, le roi, la reine et toute la cour prenaient le thé chez la princesse et il fut très bien reçu.

« Voulez-vous nous raconter une histoire ? demanda la reine. Une histoire instructive.

– Mais qui fait quand même rire, ajouta le roi.

– Je veux bien », dit le jeune homme. Et il se mit à raconter. Écoutons : « Il y avait une fois un paquet d'allumettes, fières de leur origine. Leur ancêtre avait été un grand sapin de la forêt.

Les allumettes parlaient, elles, de leur jeunesse. « Quand nous étions parmi les rameaux verts, quelle belle vie !

C'était matin et soir la rosée, et toute la journée le soleil.

Mais les bûcherons sont venus disperser notre famille.

Notre père le tronc devint le grand mât d'un navire, tandis que notre sort était d'allumer les lumières pour les gens du commun.

– Mon histoire est toute différente, dit la marmite. Depuis que je suis venue au monde, on m'a récurée et fait bouillir mille fois !

Je suis la personne la plus importante de la maison. Mais je vis très renfermée.

Seul le panier à provisions vient me parler du monde extérieur. Mais il le fait avec tant d'agitation que l'autre jour, un vieux pot, effrayé de l'entendre, est tombé, cassé en mille morceaux.

– Tu parles trop, dit le briquet. Son acier frappa la pierre à fusil qui lança des étincelles.

– Oui, dirent les allumettes. Cherchons qui sont, ici, les gens du plus haut rang.

– Non, je n'aime pas parler de moi, dit le pot de terre. Racontons quelque chose que chacun a vécu. Je commence : au bord de la Baltique, sous les hêtres danois, j'ai passé là ma jeunesse dans une paisible famille. Les meubles étaient cirés, les parquets lavés, les rideaux changés très souvent.

– Comme vous racontez bien ! s'exclama le balai à poussière.

– Oui, c'est vrai », dit à son tour le seau d'eau. Et on entendit « platch » sur le parquet. Le pot de terre finit son récit aussi bien qu'il l'avait commencé. Les assiettes s'entrechoquaient d'admiration et le balai couronna le pot d'un peu de persil. « Moi, je vais danser avec vous », dit la pincette. Et elle dansa. Comme elle savait lancer la jambe !

« Serai-je couronnée ? » demanda la pincette. Et elle le fut. « Qu'elle est vulgaire ! » pensèrent les allumettes. Quand arriva le tour de la bouilloire à thé, cette poseuse ne voulut chanter qu'en se tenant sur la table des maîtres. Sur la fenêtre, il y avait une vieille plume, qui tirait grande vanité d'avoir été plongée souvent dans l'encrier.

« Si la bouilloire ne veut pas chanter, dit-elle, il y a là dehors, dans une cage, un rossignol. Lui sait chanter.

– Je trouve fort inconvenant, dit la bouilloire, qu'un oiseau étranger se produise ici.

– Ne vaudrait-il pas mieux mettre chacun à sa place ! Je dirigerai le mouvement, dit le panier à provisions.

– Oui, faisons du chahut ! » s'écrièrent-ils tous. À cet instant, une servante entra. Tous devinrent muets. Elle prit les allumettes et les gratta. Comme elles crépitaient et flambaient ! « Maintenant, dirent les allumettes, il est clair que nous sommes les premières ! »

Quel éclat ! Quelle lumière ! Puis elles s'éteignirent.

« Quel charmant conte, dit la reine. J'avais l'impression d'être à la cuisine avec les allumettes. Oui, tu auras notre fille.

– Bien sûr », dit le roi. Et le mariage fut fixé au lundi suivant. La veille au soir, toute la ville fut illuminée.

« Il faut aussi que je fasse quelque chose de bien », pensa le fils du marchand. Il acheta des fusées et des pétards.

Il les mit dans sa malle, s'envola et les alluma. Pfutt !
Quelles gerbes tombaient du ciel ! Les Turcs, qui n'avaient
jamais rien vu de si beau, pensaient que c'était le dieu des Turcs
lui-même qui allait épouser la princesse. Le fils du marchand
redescendit dans la forêt et se dit : « Je vais retourner en ville
pour savoir ce qu'on a pensé de mon feu d'artifice. »
Tous l'avaient vivement apprécié. « J'ai vu le dieu des Turcs,
disait l'un.

– Il portait un manteau de feu », disait l'autre. Le lendemain, le
mariage devait avoir lieu. Le fiancé retourna dans la forêt
pour remonter dans sa malle. Où était-elle ? Hélas, une étincelle
de feu d'artifice l'avait brûlée et réduite en cendres. Notre héros
ne pouvait plus voler, ni se présenter devant sa fiancée.
Elle l'attendit toute la journée dans son palais, et l'y attend
encore, tandis que lui court le monde en racontant des histoires.
Mais elles ne sont plus aussi amusantes que celle des allumettes.

LA VIEILLE MAISON

Au milieu de la rue se trouvait une très vieille maison datant de trois cents ans. L'année de sa construction était sculptée sur une poutre. Toutes les autres maisons de la rue étaient neuves et pensaient : « Combien de temps cette vieille masure va-t-elle encore faire scandale ? » Mais à la fenêtre d'une des maisons neuves, un petit garçon aux joues roses et aux yeux clairs avait l'air de bien aimer la vieille demeure. En la regardant, il imaginait l'aspect que la rue pouvait avoir autrefois. Il croyait y voir des soldats avec des hallebardes. C'était une maison qui faisait rêver. À l'intérieur, un vieux monsieur avec une perruque vivait tout seul. Parfois, il s'approchait de la fenêtre, le petit garçon lui faisait de la tête un signe amical et le vieux monsieur lui répondait de même. Ils étaient devenus amis quoique ne s'étant jamais parlé.

Un jour, le petit garçon entendit ses parents dire :
« Le vieux monsieur d'en face est terriblement seul. »
Le dimanche suivant, le petit garçon enveloppa quelque
chose dans un papier, descendit à la porte et demanda
au vieux domestique qui faisait les commissions
de porter le petit paquet de sa part au vieux monsieur.
Il lui envoyait un de ses soldats de plomb pour qu'il soit
moins seul. Le domestique porta le jouet à son maître.
Puis il revint demander si le petit garçon n'avait pas
envie de venir lui-même voir le vieux monsieur.

Avec la permission de ses parents, le petit garçon traversa la rue et s'arrêta devant la vieille
maison. La porte s'ouvrit. Sur les murs d'entrée pendaient de vieux portraits, chevaliers en
armure et dames en robe de soie. Un escalier montait jusqu'à un balcon couvert de verdure.
Puis on passait dans une chambre aux murs tapissés de peau de porc gravée de fleurs d'or,
ternies par le temps. « La dorure passe, le cuir reste », murmuraient les murailles.

Enfin, le petit garçon entra dans
la pièce où était assis le vieux monsieur.
« Merci pour le soldat de plomb, et merci
d'être venu », dit-il. Au milieu du mur
se trouvait le portrait d'une charmante
dame aux cheveux poudrés, habillée
comme au temps jadis.

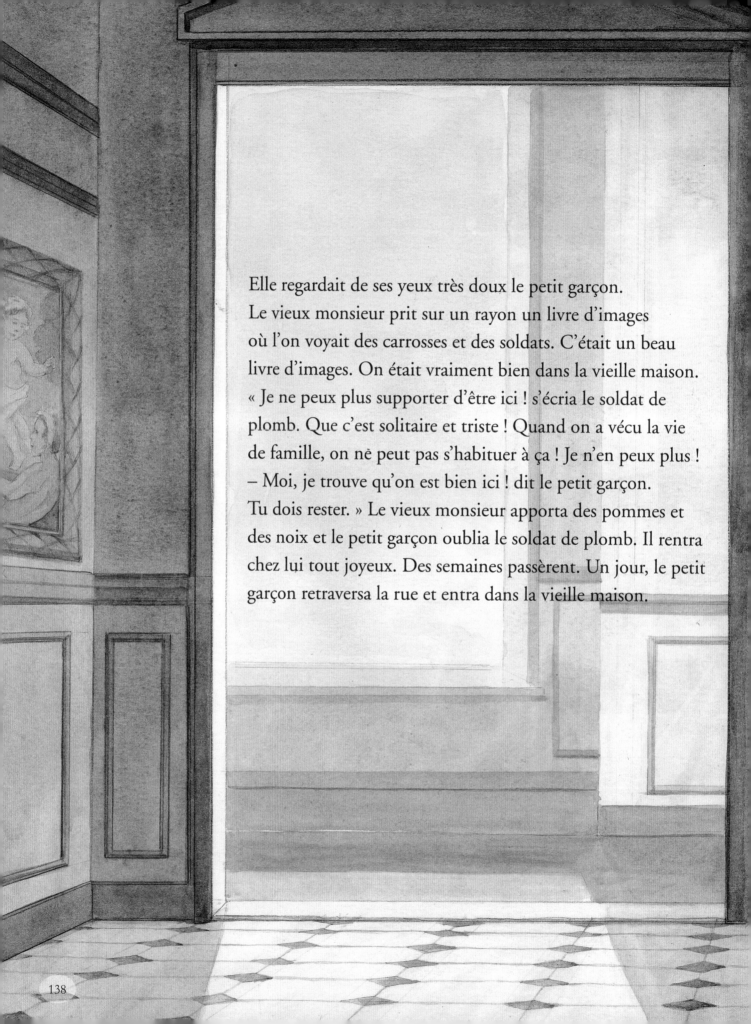

Elle regardait de ses yeux très doux le petit garçon.
Le vieux monsieur prit sur un rayon un livre d'images
où l'on voyait des carrosses et des soldats. C'était un beau
livre d'images. On était vraiment bien dans la vieille maison.
« Je ne peux plus supporter d'être ici ! s'écria le soldat de
plomb. Que c'est solitaire et triste ! Quand on a vécu la vie
de famille, on ne peut pas s'habituer à ça ! Je n'en peux plus !
– Moi, je trouve qu'on est bien ici ! dit le petit garçon.
Tu dois rester. » Le vieux monsieur apporta des pommes et
des noix et le petit garçon oublia le soldat de plomb. Il rentra
chez lui tout joyeux. Des semaines passèrent. Un jour, le petit
garçon retraversa la rue et entra dans la vieille maison.

« Je n'en peux plus, lui dit encore le soldat de plomb, j'aimerais
mieux aller à la guerre. Mes pensées d'autrefois
m'ont rendu visite, et j'ai vu ta famille dans la maison
d'en face, chantant des psaumes, comme tous les dimanches
matins. Comment va mon camarade, l'autre soldat de plomb ?
Il a plus de chance que moi.
– Je t'ai donné en cadeau, répondit le petit garçon.
Tu dois rester ici. » Le vieux monsieur apporta un tiroir plein
de choses curieuses : une boîte à poudre, un flacon de parfum,
de vieilles cartes. Il ouvrit le clavecin et se mit à jouer.
« Je veux aller à la guerre ! » cria le soldat de plomb.
Et il se jeta par terre. On ne le vit plus. Où était-il passé ?
Le vieux monsieur chercha avec le petit garçon, mais le soldat
avait disparu. « Je le retrouverai bien », dit le vieux monsieur.
Mais il resta introuvable.

En fait, le petit soldat de plomb était tombé
dans une fente du parquet, et il resta là
dans cette tombe ouverte. Le petit garçon
rentra chez lui. Des semaines passèrent.
Les fenêtres étaient givrées et la neige montait
sur l'escalier, comme s'il n'y avait plus
personne dans la maison. Effectivement,
le vieux monsieur était mort. Au soir,
une voiture s'arrêta, on y descendit le cercueil
du vieil homme. Le petit garçon envoya
du doigt un baiser vers le cercueil.
Quelques jours plus tard, il y eut une vente
aux enchères dans la vieille maison.

De sa fenêtre, le petit garçon vit emporter chevaliers, vieilles dames, fauteuils et portrais. Au printemps, on abattit la vieille demeure et on construisit à la place une belle maison aux grandes fenêtres.

Devant elle, on planta un petit jardin. Les années passèrent, le petit garçon était devenu un homme. Il venait de se marier et de s'installer avec sa jeune épouse dans la maison. Un jour qu'elle plantait une fleur dans le jardin, elle se piqua avec quelque chose de pointu qui sortait de terre. C'était le soldat de plomb que le vieux monsieur avait cherché en vain, et qui avait disparu dans les gravats ! La jeune femme essuya le soldat avec son mouchoir. Il sembla au soldat de plomb qu'il s'éveillait d'un long évanouissement.

« Fais voir, dit son mari en riant. Ce ne peut pas être le même, mais il me rappelle un petit soldat que j'avais étant petit ! »

Il raconta à sa femme l'histoire de la vieille maison, du vieux monsieur et du soldat de plomb qu'il lui avait offert pour lui tenir compagnie. « C'est peut-être le même, dit la jeune femme, les larmes aux yeux. Je le garderai en souvenir.

Tu me montreras la tombe du vieux monsieur.

– Je ne la connais pas, tous ses amis étaient morts et je n'étais qu'un enfant.

– Comme il a dû être terriblement seul !

– Oui ! Moi aussi, j'ai été longtemps seul, cria le soldat de plomb. Mais comme c'est agréable de n'être pas oublié !

– Comme c'est agréable ! » répéta un écho. Personne d'autre que le soldat de plomb ne vit que c'était un morceau de la peau de porc, tapissant jadis le salon, qui avait parlé. La dorure avait disparu, mais le soldat entendit encore : « La dorure passe, mais le cuir reste. » S'il avait pu, le soldat aurait haussé les épaules car, chez lui, couleur et dorure étaient restées.

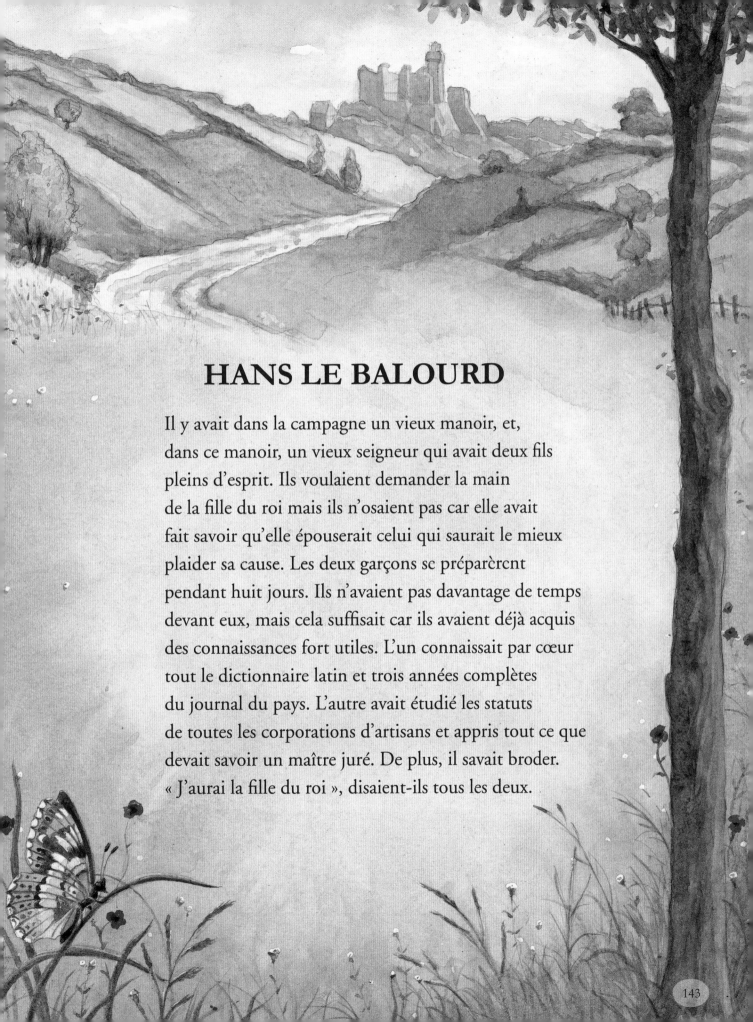

HANS LE BALOURD

Il y avait dans la campagne un vieux manoir, et,
dans ce manoir, un vieux seigneur qui avait deux fils
pleins d'esprit. Ils voulaient demander la main
de la fille du roi mais ils n'osaient pas car elle avait
fait savoir qu'elle épouserait celui qui saurait le mieux
plaider sa cause. Les deux garçons se préparèrent
pendant huit jours. Ils n'avaient pas davantage de temps
devant eux, mais cela suffisait car ils avaient déjà acquis
des connaissances fort utiles. L'un connaissait par cœur
tout le dictionnaire latin et trois années complètes
du journal du pays. L'autre avait étudié les statuts
de toutes les corporations d'artisans et appris tout ce que
devait savoir un maître juré. De plus, il savait broder.
« J'aurai la fille du roi », disaient-ils tous les deux.

Leur père donna à chacun un beau cheval,
noir comme le charbon pour celui à la
mémoire impeccable, blanc comme neige
pour le maître en sciences corporatives
et broderie. Tous les domestiques étaient
dans la cour pour les voir monter à cheval
quand soudain arriva le troisième frère.
Ils étaient trois, mais le troisième ne comptait
absolument pas, il n'était pas instruit
comme les autres, on l'appelait
Hans le Balourd.

« Où allez-vous en grande tenue ? demanda-t-il.

– À la cour, gagner la main de la princesse
par notre conversation. Tu n'as pas entendu
ce que le tambour proclame dans tout le pays ? »
Et ils le mirent au courant. « Parbleu ! Il faut que j'en sois ! »
fit Hans le Balourd. Ses frères se moquèrent de lui et
partirent. « Père, donne-moi aussi un cheval, cria Hans
le Balourd, j'ai une terrible envie de me marier.
Si la princesse me prend, c'est bien, et si elle ne me prend
pas, je la prendrai quand même.

– Bêtises, fit le père, je ne te donnerai pas de cheval,
tu ne sais rien dire, tes frères, eux, sont gens d'importance.

– Si tu ne veux pas me donner de cheval, répliqua Hans
le Balourd, je monterai mon bouc. » Et il se mit
à califourchon sur le bouc, l'éperonna
de ses talons et prit la route
à toute allure.

Les frères avançaient tranquillement, en pensant
aux bonnes réparties qu'ils allaient lancer.
« Holà ! criait Hans, me voilà ! Regardez ce que j'ai trouvé
sur la route. » Et il leur montra une corneille morte.
« Balourd ! Que vas-tu faire de ça ?
– Je l'offrirai à la fille du roi.
– C'est parfait ! » dirent les frères.
Et ils continuèrent leur route en riant.
« Holà, voyez ce que j'ai trouvé maintenant ! »
Les frères tournèrent encore une fois la tête.
« Balourd ! C'est un vieux sabot dont le dessus est parti.
Est-ce aussi pour la fille du roi ?
– Bien sûr », dit Hans.
Les frères rirent et prirent une grande avance.
« Ça c'est merveilleux ! s'écria le Balourd.
– Qu'as-tu encore trouvé, demandèrent ses frères.
Mais ce n'est que de la boue qui vient de jaillir du fossé !
– Oui, mais de la plus belle espèce ! » Et le Balourd en rempl
sa poche. Les frères arrivèrent avec une heure d'avance
aux portes de la ville.

Là, les prétendants recevaient l'un après l'autre
un numéro, puis on les mettait en rang six par six,
si serrés qu'ils ne pouvaient remuer les bras.
Tous les habitants du pays se tenaient autour
du château, juste devant les fenêtres, pour voir la fille
du roi recevoir les prétendants. Chaque jeune homme
entrant dans la salle ne savait plus que dire.
« Bon à rien, disait la fille du roi, sortez ! »
Vint le tour du frère qui savait le dictionnaire
par cœur, mais il l'avait complètement oublié
pendant qu'il faisait la queue. Le parquet craquait
et le plafond était tout en glace, de sorte qu'il se voyait
à l'envers marchant sur la tête. À chacune des fenêtres
se tenaient trois secrétaires-journalistes et un maître
juré, surveillant. Ils écrivaient tout ce qui se disait
afin que cela paraisse aussitôt dans le journal que l'on
vendait au coin des rues pour deux sous.

C'était affreux. De plus, on avait chargé
le poêle au point que l'aîné des frères était
tout rouge. « Quelle chaleur ! dit-il.
– C'est parce qu'aujourd'hui mon père rôtit
des poulets, répondit la fille du roi.
– Euh ! » Il aurait voulu répondre quelque
chose de drôle mais il ne trouvait rien.
« Bon à rien. Sortez ! » L'autre frère entra.
« Il fait terriblement chaud ici, commença-t-il.
– Oui, nous rôtissons des poulets aujourd'hui.
– Comment ? Quoi ? » dit-il.
Et tous les journalistes écrivaient :
Comment ? Quoi ? « Bon à rien ! Sortez ! »
s'exclama la princesse, furieuse.

Vint le tour de Hans le Balourd. Il entra sur son bouc jusqu'au milieu de la salle.

« Quelle fournaise ! dit-il.

– Oui, nous rôtissons des poulets aujourd'hui.

– Quelle chance ! fit Hans le Balourd, alors je pourrai sans doute me faire rôtir
une corneille.

– Bien sûr, dit la princesse, mais as-tu quelque chose pour la faire rôtir,
car moi je n'ai ni pot ni poêle.

– Et moi j'en ai, dit Hans, voilà une casserole cerclée d'étain. »
Et il sortit le vieux sabot, puis posa la corneille au milieu.

« Voilà tout un repas, dit la fille du roi, mais où prendrons-nous la sauce ?

– Dans ma poche, dit Hans le Balourd. J'en ai tant que je veux ! » Et il fit couler
un peu de boue de sa poche.

« Ça, ça me plaît ! dit la fille du roi. Toi, tu as réponse à tout et tu sais parler,
je te veux pour époux.

Mais sais-tu que chaque mot que nous avons dit paraîtra demain matin dans le journal ?
Car à chaque fenêtre se tiennent trois secrétaires-journalistes et un vieux maître juré,
surveillant, et ce vieux-là est pire encore que les autres car il ne comprend rien à rien. »
Elle disait cela pour lui faire peur. Tous les secrétaires-journalistes, pour protester,
firent des taches d'encre sur le parquet.

« Voilà du beau monde ! » dit Hans le Balourd. Je vois qu'il faut que je m'en mêle
et que je donne à leur patron tout ce que j'ai de mieux. Il retourna sa poche
et lança au maître juré le reste de la boue en pleine figure.

« Ça, c'est du beau travail ! dit la princesse, je n'en aurais pas fait autant.
Mais j'apprendrai à mon tour à les traiter comme ils le méritent. »

C'est ainsi que Hans le Balourd devint roi. Il eut une femme, une couronne et s'assit
sur le trône. Et c'est le journal qui nous en informa. Mais peut-on vraiment se fier
aux journaux ?

LE DERNIER RÊVE DU CHÊNE

Au sommet d'une falaise, au bord de la mer,
s'élevait un chêne âgé de trois cent soixante-cinq ans.
Par un beau jour d'été, un éphémère vint
tourbillonner autour de sa couronne.
« Pauvre créature, dit l'arbre. Ta vie entière
ne dure qu'un jour. Comme c'est triste !
– Triste ? interrogea le gentil insecte.
Que signifie donc ce mot ? Le soleil brille
et je me sens tout transporté de bonheur.
– Oui, mais dans quelques heures,
ce sera fini ! Tu seras trépassé.
– Trépassé ? s'écria l'éphémère.
Qu'est-ce encore que ce mot ?
Toi, es-tu aussi trépassé ?
– Non, j'ai déjà vécu des milliers de jours.
C'est une telle longueur de temps que cela
doit dépasser tout ce que tu peux imaginer.
– En effet, je ne me figure pas bien, reprit l'insecte,
ce que cela représente, mille jours. N'est-ce pas
ce qu'on appelle l'éternité ? Quand tu mourras,
est-ce que tout ce bel univers périra en même temps ?

– Non, répliqua le chêne. Il durera bien plus longtemps que moi.

– Eh bien ! Alors nous en sommes au même point. » Et l'éphémère s'élança dans les airs, enivré par le parfum de l'églantier et de la menthe. Il se reposa puis tournoya à nouveau en ronde, avec ses compagnons. Quand le soleil commença à baisser, l'insecte se sentit fatigué, il se laissa tomber sur une feuille, puis ses yeux se fermèrent. C'était la mort. Le lendemain, le chêne vit renaître d'autres éphémères, les vit danser puis s'endormir paisiblement. Ce spectacle se répéta souvent.

L'arbre ne le comprenait pas bien, mais il avait le temps de réfléchir, car il ne dormait qu'en hiver. L'automne était à sa fin. Les autres arbres étaient déjà dépouillés et le chêne perdait tous les jours des feuilles. Le chêne s'endormit pour un long hiver. Dans ses rêves, sa vie passée lui revint en souvenir. Il se rappela comment il était sorti d'un gland. Puis il avait grandi. Plusieurs fois, les gardes forestiers avaient pensé le faire abattre pour en tirer des mâts et des planches. Mais il était arrivé à son quatrième siècle, et aujourd'hui, personne ne songeait plus à l'abattre.

Il était l'ornement de la forêt et sa couronne,
qui dépassait tous les autres arbres, servait de point
de repère aux marins. Au printemps, les ramiers
bâtissaient leur nid dans ses hautes branches.
Maintenant, l'hiver était revenu. La veille de Noël,
le vieux chêne fit le plus beau rêve de sa vie.
Il sentait qu'une fête se préparait, mais il se croyait
en été, par une magnifique journée. Et voici ce qui
lui apparut. Sa couronne était verte, les rayons
du soleil y projetaient des reflets dorés.
Des myriades d'éphémères dansaient une sarabande.
Un cortège s'avançait : c'étaient les personnages que
le vieux chêne avait vus tour à tour passer devant lui
pendant toutes les années qu'il avait vécues.
En tête, marchaient des chevaliers revenant
de croisade. Puis arrivèrent des soldats armés
de hallebardes qui entonnèrent des chants de guerre.

On vit s'avancer ensuite un jeune couple aux cheveux
poudrés. Le monsieur tailla dans l'écorce du chêne
les initiales de leurs deux noms. Et tout à coup,
le chêne éprouva un puissant courant de vie partant
de ses racines et montant jusqu'à sa cime, jusqu'au
bout de ses plus hautes feuilles. Il lui semblait
qu'il grandissait comme autrefois, puisant dans la terre
une nouvelle vigueur. Sa couronne montait toujours
plus haut vers le ciel, et plus le chêne s'élevait,
plus il éprouvait de bonheur. C'était en plein jour,
et cependant les étoiles luisaient dans le ciel.
Mais, pour être entièrement heureux, le vieux chêne
sentait qu'il lui manquait quelque chose. Il éprouvait
le désir de voir les autres arbres de la forêt, les plantes
et les fleurs. Ce sentiment faisait vibrer ses branches
et ses feuilles.

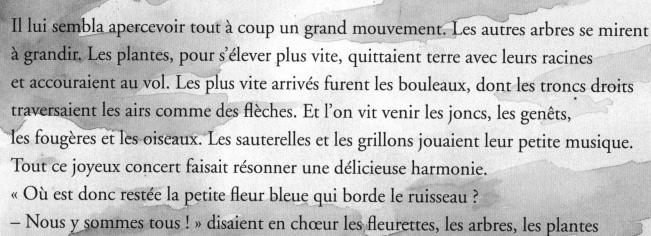

Il lui sembla apercevoir tout à coup un grand mouvement. Les autres arbres se mirent à grandir. Les plantes, pour s'élever plus vite, quittaient terre avec leurs racines et accouraient au vol. Les plus vite arrivés furent les bouleaux, dont les troncs droits traversaient les airs comme des flèches. Et l'on vit venir les joncs, les genêts, les fougères et les oiseaux. Les sauterelles et les grillons jouaient leur petite musique. Tout ce joyeux concert faisait résonner une délicieuse harmonie.

« Où est donc restée la petite fleur bleue qui borde le ruisseau ?

– Nous y sommes tous ! » disaient en chœur les fleurettes, les arbres, les plantes et les habitants de la forêt.

Le vieux chêne jubilait : « Oui, tous, grands et petits, disait-il, pas un ne manque. »
Et il se sentit de nouveau grandir, soudain ses racines se détachèrent de terre.
« Me voilà dégagé de tous liens, je puis m'élancer vers la lumière éternelle
et m'y précipiter avec tous les êtres chéris qui m'entourent, grands et petits, tous ! »
Ce fut la fin du rêve du vieux chêne. Une tempête terrible soufflait sur mer
et sur terre. Des vagues assaillaient la falaise, les vents secouaient le vieux chêne.
Un dernier coup de vent le déracina. Il tomba, au moment même où il rêvait
qu'il s'élançait vers l'immensité des cieux.

Il avait péri après ses trois cent soixante-cinq ans, comme l'éphémère après sa journée d'existence. Le matin, lorsque le soleil vint éclairer le jour de Noël, l'ouragan s'était apaisé. La mer s'était calmée et à bord d'un grand navire qui toute la nuit avait lutté, tous les mâts étaient décorés pour célébrer la grande fête.
« Tiens, dit le matelot, l'arbre de la falaise, le grand chêne qui nous servait de point de repère pour reconnaître la côte a disparu. La tempête l'a abattu.
– Que d'années il faudra pour qu'il soit remplacé, dit un autre matelot.
Il n'y aura peut-être aucun autre arbre assez fort pour grandir. » Ce fut l'oraison funèbre prononcée sur la fin du vieux chêne. À bord du navire, les marins entonnèrent les cantiques de Noël qui célèbrent la délivrance des hommes par le fils de Dieu, qui leur a ouvert la voie de la vie éternelle.
« Le sauveur est né ! Alléluia ! » Et ils sentaient leurs cœurs s'élever vers le ciel et transportés, tout comme le vieux chêne dans son dernier rêve s'était senti entraîné vers la lumière éternelle.

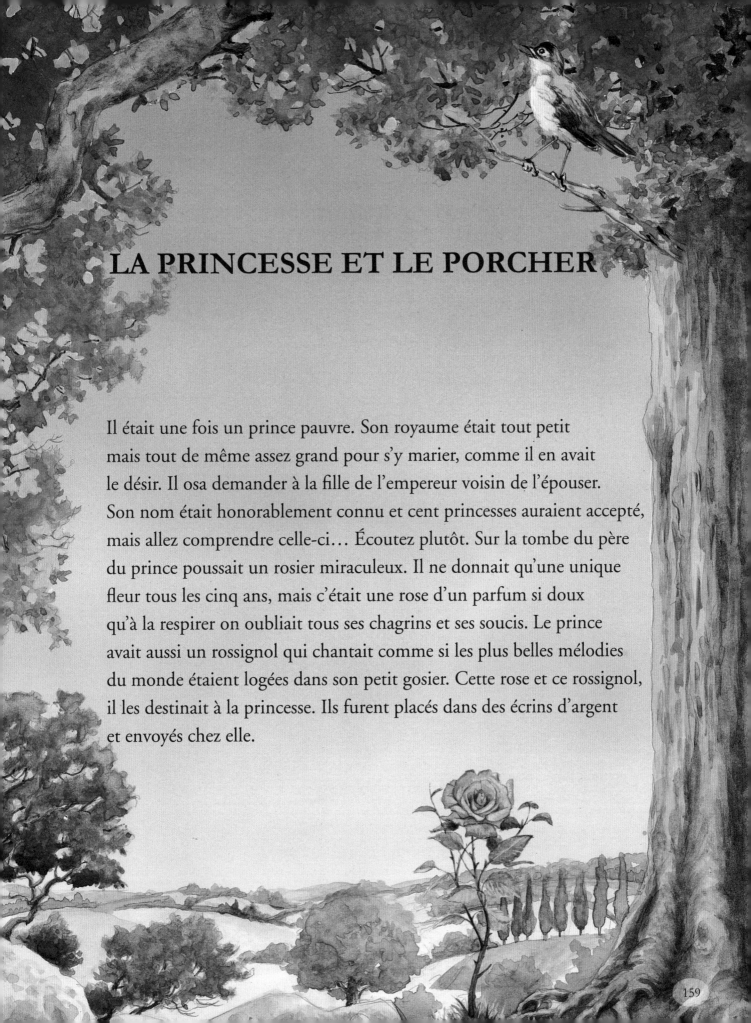

LA PRINCESSE ET LE PORCHER

Il était une fois un prince pauvre. Son royaume était tout petit
mais tout de même assez grand pour s'y marier, comme il en avait
le désir. Il osa demander à la fille de l'empereur voisin de l'épouser.
Son nom était honorablement connu et cent princesses auraient accepté,
mais allez comprendre celle-ci… Écoutez plutôt. Sur la tombe du père
du prince poussait un rosier miraculeux. Il ne donnait qu'une unique
fleur tous les cinq ans, mais c'était une rose d'un parfum si doux
qu'à la respirer on oubliait tous ses chagrins et ses soucis. Le prince
avait aussi un rossignol qui chantait comme si les plus belles mélodies
du monde étaient logées dans son petit gosier. Cette rose et ce rossignol,
il les destinait à la princesse. Ils furent placés dans des écrins d'argent
et envoyés chez elle.

L'empereur les fit apporter devant lui et
quand la princesse vit les deux écrins,
elle applaudit de plaisir. « Si seulement
c'était un petit minet », dit-elle. Mais c'est
la merveilleuse rose qui parut.
« Comme elle est jolie ! s'écrièrent
les dames d'honneur.

– Elle est la beauté même ! surenchérit
l'empereur. » Cependant, la princesse,
sur le point de pleurer, s'écria :
« Quelle horreur, c'est une vraie rose !

– Voyons ce qu'il y a dans la deuxième boîte »,
dit l'empereur. Alors le rossignol apparut
et se mit à chanter divinement.

« Superbe ! s'écrièrent les dames de la cour.

– Cela rappelle la boîte à musique de notre défunte impératrice ! » dit un gentilhomme.

Et l'empereur se mit alors à pleurer comme un enfant.

– J'espère que ce n'est pas un vrai oiseau, dit la princesse.

– Mais si ! C'est un oiseau, lui affirma-t-on.

– Alors qu'il s'envole », ordonna la princesse, qui refusa de recevoir le prince. Lui, sans se décourager, se barbouilla le visage de noir, enfonça sa casquette sur sa tête et alla frapper au château : « Bonjour, empereur ! dit-il, ne pourrais-je pas trouver du travail chez vous ?

– Je cherche un valet pour garder les cochons », répondit l'empereur.

Et le prince fut engagé
comme porcher impérial,
avec une petite chambre
à côté de la porcherie.
Il travailla toute la journée
à fabriquer une jolie petite
marmite garnie de clochettes.
Quand la marmite se mettait
à bouillir, les clochettes tintaient
et jouaient une mélodie. Mais en plus,
si l'on mettait le doigt dans la vapeur
de la marmite, on savait aussitôt quel plat
on faisait cuire dans chaque cheminée
de la ville. Au cours de sa promenade
avec ses dames d'honneur, la princesse passa
devant la porcherie. Elle entendit la mélodie
de la marmite : « Ah ! Cher Augustin, tout est
fini, fini ! » La princesse s'arrêta, toute contente.
« Je connais cet air, dit-elle. Ce doit être là
un porcher bien doué. Allez lui demander
ce que coûte son instrument. »

Une des dames de la cour entra
chez le porcher qui déclara :
« Je veux dix baisers de la princesse !
– Grands dieux ! s'écria la dame.
– C'est ainsi ! insista le porcher.
– Qu'est-ce qu'il dit ? » demanda
la princesse. La dame d'honneur
le murmura à l'oreille de la princesse.
« Quel insolent ! » dit celle-ci. Et elle s'en fut
aussitôt. Mais alors les clochettes se mirent
à tinter. « Écoute, dit la princesse,
va lui demander s'il veut dix baisers
de mes dames d'honneur.
– Non ! répondit le porcher, dix baisers
de la princesse ou je garde la marmite.
– Que c'est ennuyeux ! dit la princesse.
Alors restez toutes autour de moi afin
que personne ne puisse me voir. »
Les dames d'honneur l'entourèrent en étalant
leurs jupes, le garçon eut dix baisers
et la princesse emporta la marmite.
Comme on s'amusa au château !

Dès que la marmite cuisait, on savait ce qui se préparait dans toutes les cuisines de la ville, chez le chambellan autant que chez le cordonnier. « Nous savons qui aura du potage ou bien des crêpes ! disaient les dames d'honneur en battant des mains. – Oui, mais pas un mot à personne, car je suis la fille de l'empereur. »

Le porcher, qui était en fait un prince, mais personne ne le savait, passa sa journée à fabriquer une crécelle. Lorsqu'on la faisait tourner, résonnaient valses, galops et polkas.

« C'est superbe ! dit la princesse lorsqu'elle passa devant le porcher. Je n'ai jamais entendu plus merveilleuse improvisation !

Allez lui demander ce que coûte cet instrument, mais je ne l'embrasse plus !
– Il veut cent baisers de la princesse, rapporta la dame d'honneur après l'avoir vu.
– Je pense qu'il est fou, dit la princesse. Et elle s'en fut. Mais elle se ravisa et dit :
« Il faut encourager les arts, dit-elle. Dites-lui que je lui donnerai dix baisers,
comme hier. Le reste, mes dames d'honneur s'en chargeront. » Mais les dames
d'honneur protestèrent. Et l'une d'elles, qui était partie s'informer auprès
du porcher, revint et leur annonça : « Cent baisers de la princesse, a-t-il dit.
Sinon, il garde son bien.
– Alors, mettez-vous devant moi. »
Les dames l'entourèrent et l'embrassade commença.

L'empereur, voyant cet attroupement près de la porcherie, s'approcha doucement. Les dames d'honneur, occupées à compter les baisers, ne le remarquèrent pas. « Qu'est-ce que cela ? » cria-t-il, voyant ce qui se passait. Et il leur donna de sa pantoufle un grand coup sur la tête, juste quand le porcher recevait le quatre-vingtième baiser. « Hors d'ici ! » cria-t-il furieux. La princesse et le porcher furent jetés hors de l'empire. Elle pleurait, le porcher grognait et la pluie tombait à torrents. « Ah, que n'ai-je accepté ce prince si charmant ! Que je suis malheureuse ! » Le porcher essuya le noir de son visage, mit ses habits princiers, et s'avança, si charmant que la princesse lui fit la révérence. « Je suis venu pour te faire affront ! dit le garçon. Tu ne voulais pas d'un prince loyal. Tu n'appréciais ni la rose ni le rossignol, mais le porcher, tu voulais bien l'embrasser pour un jouet ! Honte à toi ! » Il retourna dans son royaume, ferma la porte, tira le verrou.

Quant à elle, elle pouvait bien rester dehors et chanter si elle en avait envie.

LE BONHOMME DE NEIGE

« Quel beau froid il fait aujourd'hui ! dit le Bonhomme de neige.
Tout mon corps en craque de plaisir. Et ce vent, comme il vous
fouette agréablement ! Et, de l'autre côté, ce globe de feu qui me
regarde tout béat ! » Il voulait parler du soleil qui disparaissait
en ce moment. « Oh ! Il a beau faire, il ne m'éblouira pas !
Je ne lâcherai pas mes deux escarboucles. » Il avait, à la place
des yeux, deux gros morceaux de charbon brillant et sa bouche
était faite d'un vieux râteau. Le Bonhomme de neige était né
des cris de joie des enfants. Le soleil se coucha et la pleine lune
monta dans le ciel. « Ah ! le voici qui réapparaît de l'autre côté »,
dit le Bonhomme de neige. Il pensait que c'était le soleil qui
se montrait de nouveau. « Maintenant, je l'ai obligé à atténuer
son éclat. Il peut rester suspendu là-haut et paraître brillant.

Si seulement je savais ce qu'il faut faire pour me déplacer !
J'aurais tant de plaisir à me remuer un peu ! Comme j'aimerais
me promener sur la place et faire des glissades !
– Ouah ! » aboya le chien de garde. Il ne pouvait plus aboyer
fortement car il était enroué depuis qu'il n'était plus chien
de salon. L'animal poursuivit : « Le soleil t'apprendra bientôt
à courir. Je l'ai bien vu pour ton prédécesseur pendant le dernier
hiver.
– Je ne te comprends pas. C'est cette boule, là-haut
(il voulait dire la lune), qui m'apprendra à courir ?
C'est plutôt moi qui l'ai fait filer en la regardant fixement,
et maintenant elle ne nous revient que timidement
par un autre côté.

– Tu ne sais rien de rien, dit le chien. Ce que tu vois là,
c'est la lune. Et celui qui a disparu, c'est le soleil.
Il reviendra demain et saura t'apprendre à courir
dans le fossé.

– Je ne comprends pas du tout, se dit à lui-même le Bonhomme de neige,
mais j'ai l'impression qu'il m'annonce quelque chose de désagréable.
Et cette boule qu'il appelle le soleil, je sens bien qu'elle aussi n'est pas mon amie.
– Ouah ! » aboya le chien.

Le temps changea en effet. Vers le matin, un brouillard
se répandit sur le pays. Un vent glacé se leva, qui fit redoubler
la gelée. Quand le soleil parut, les arbres étaient couverts
de givre. Les rameaux étaient ornés de fleurs blanches
brillantes. « Quel spectacle magnifique ! » s'écria une jeune
fille qui se promenait dans le jardin avec un jeune homme.
Ils s'arrêtèrent près du Bonhomme de neige et se dirent :
« Même en été, on ne voit rien de plus beau ! »
« Qui était-ce ? demanda le Bonhomme de neige
au chien de garde.
– Des fiancés, répondit le chien.
– Est-ce que ce sont des gens comme toi et moi ?
– Non, répondit le chien. Ils appartiennent à la famille
des maîtres. Je connais bien cette cour.
Mais il y a un temps où je n'étais pas
dans la cour, au froid et attaché.
– Raconte ! dit le Bonhomme de neige.
– Ouah ! Lorsque j'étais un jeune
chien, j'avais ma place sur le fauteuil,
dans le château. On m'embrassait
le museau et on m'appelait « chéri ».

Quand je devins grand, on me donna à la femme
de ménage et je demeurai dans le cellier.
J'étais le maître et je me chauffais à un bon poêle, la
plus belle invention de notre siècle.
– Est-ce donc quelque chose de si beau qu'un poêle ?
reprit le Bonhomme de neige.
– Non, il est tout noir et mange du bois au point que
le feu lui en sort par la bouche. Mais rien n'est plus agréable
que d'être couché dessus. Si tu regardes par la fenêtre,
tu l'apercevras. » Le Bonhomme de neige aperçut le poêle noir.
« Alors pourquoi as-tu quitté ce lieu de délices ? demanda
le Bonhomme de neige.
– Un jour, on me jeta dehors, on m'a attaché parce que j'ai mordu
à la jambe un fils de la maison qui venait de me prendre un os. »
Le chien se tut. Mais le Bonhomme de neige continuait à regarder
chez la femme de ménage, où le poêle se tenait.
« Si je pouvais entrer ! Il faut que je m'appuie contre le poêle,
dussé-je passer par la fenêtre !

– Si tu entrais, dit le chien, c'en serait fini de toi.

– C'en est déjà fait de moi, dit le Bonhomme de neige.
L'envie me détruit. » Toute la journée, il regarda par la fenêtre.
Du poêle sortait une flamme douce et caressante. Chaque fois
qu'on ouvrait la porte, une flamme s'en échappait. La blanche
poitrine du Bonhomme de neige en recevait des reflets rouges.
« Je n'y puis plus tenir ! C'est si bon lorsque la langue lui sort
de la bouche ! » Au matin, la fenêtre du cellier était couverte
de givre, formant des arabesques qui cachaient le poêle.
Un coq chantait en regardant le froid soleil d'hiver.

Le Bonhomme de neige aurait dû être gai, mais il ne l'était pas.
Il ne pouvait se défendre d'un ardent désir de voir le poêle.
Ses deux gros yeux de charbon restaient fixés immuablement
sur le poêle. « Mauvaise maladie pour un Bonhomme
de neige ! pensait le chien. Ouah ! Nous allons encore avoir
un changement de temps ! » Et cela arriva en effet : ce fut le
dégel. Plus le dégel grandissait, plus le Bonhomme de neige
diminuait. Il ne se plaignait pas : c'était mauvais signe.
Un matin, il tomba en morceaux, et il ne resta de lui qu'une
espèce de manche à balai.

Les enfants l'avaient planté en terre, et construit sur ce balai leur Bonhomme de neige. « Je comprends maintenant son envie, dit le chien. C'est ce qu'il avait dans le corps qui le tourmentait ainsi. Ouah ! » Puis l'hiver disparut à son tour. « Ouah ! » aboyait le chien, et une petite fille chantait dans la cour :

« Ohé ! voici l'hiver parti
Et voici février fini !
Chantons : coucou !
Chantons ! Cui… uitte !
Et toi, bon soleil, viens vite ! »

Personne ne pensait plus au Bonhomme de neige.

LE SAPIN

Là-bas, dans la forêt, se dressait un joli sapin. Autour de lui
poussaient de grands pins. Il était si impatient de grandir
qu'il ne remarquait ni le soleil ni l'air pur. « Si j'étais grand
comme les autres, soupirait le petit sapin, je pourrais,
de mon sommet, contempler le vaste monde. »
Le soleil ne lui causait aucun plaisir. Pousser, c'était là,
pensait-il, la seule joie au monde. En automne, les bûcherons
abattirent les grands arbres. Le jeune sapin, qui avait
atteint une bonne taille, tremblait de crainte, car ces arbres
magnifiques tombaient dans un grand fracas.
Où allaient-ils ? Au printemps, quand la cigogne arriva,
le sapin lui posa la question. La cigogne lui répondit :
« En m'envolant vers l'Égypte, j'ai vu sur des navires tout
neufs de superbes grands mâts. Je pense que c'étaient eux.
– Oh, si j'étais assez grand pour voler au-dessus de la mer ! »
s'exclama-t-il. Mais les rayons du soleil lui dirent :
« Réjouis-toi de ta jeunesse. »

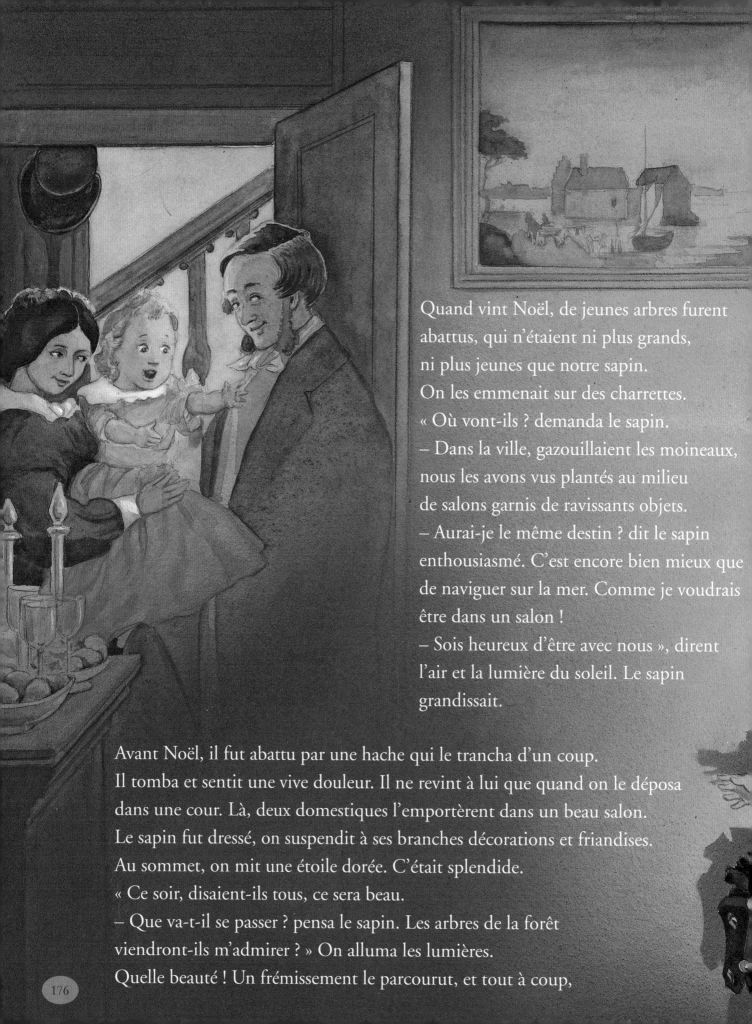

Quand vint Noël, de jeunes arbres furent abattus, qui n'étaient ni plus grands, ni plus jeunes que notre sapin. On les emmenait sur des charrettes.

« Où vont-ils ? demanda le sapin.

– Dans la ville, gazouillaient les moineaux, nous les avons vus plantés au milieu de salons garnis de ravissants objets.

– Aurai-je le même destin ? dit le sapin enthousiasmé. C'est encore bien mieux que de naviguer sur la mer. Comme je voudrais être dans un salon !

– Sois heureux d'être avec nous », dirent l'air et la lumière du soleil. Le sapin grandissait.

Avant Noël, il fut abattu par une hache qui le trancha d'un coup.

Il tomba et sentit une vive douleur. Il ne revint à lui que quand on le déposa dans une cour. Là, deux domestiques l'emportèrent dans un beau salon.

Le sapin fut dressé, on suspendit à ses branches décorations et friandises.

Au sommet, on mit une étoile dorée. C'était splendide.

« Ce soir, disaient-ils tous, ce sera beau.

– Que va-t-il se passer ? pensa le sapin. Les arbres de la forêt viendront-ils m'admirer ? » On alluma les lumières.

Quelle beauté ! Un frémissement le parcourut, et tout à coup,

une bougie mit le feu à ses branches.
« Mon Dieu ! » crièrent les demoiselles
en se dépêchant d'éteindre. Le pauvre arbre
n'osait même plus trembler. Il avait peur
de perdre une de ses belles parures.
Puis la porte s'ouvrit, des enfants
se précipitèrent, suivis par des grandes
personnes. Les enfants poussèrent des
cris de joie et commencèrent
à ouvrir les cadeaux.
« Que font-ils ? se demandait
le sapin. Que va-t-il se
passer ? »

Les bougies brûlèrent jusqu'aux branches et on éteignit, puis les enfants eurent la permission de dépouiller l'arbre. Ils se jetèrent sur lui, si fort, que tous les rameaux en craquaient. Les petits tournoyaient avec leurs jouets dans les bras, personne ne faisait plus attention à notre sapin. « Une histoire ! » criaient les enfants en entraînant vers l'arbre un petit homme ventru. Il s'assit sous l'arbre et raconta l'histoire de Dumpe-le-Ballot qui tomba du haut des escaliers, gagna tout de même le trône et épousa la princesse. « Peut-être tomberais-je aussi du haut de l'escalier, et épouserais-je une princesse ! » se dit le sapin.

Il se réjouissait en songeant
que le lendemain, il serait
de nouveau orné de lumières.
Le lendemain matin, un valet
le traîna hors de la pièce,
en haut de l'escalier,
et l'abandonna dans le grenier.
« Que vais-je faire ici ? » se dit
le sapin. Des jours et des nuits
passèrent. L'avait-on oublié ?
« C'est l'hiver dehors, pensait-il.
La terre est couverte de neige.
On ne pourrait même pas
me planter. C'est sans doute
pour cela que je dois rester
à l'abri jusqu'au printemps ! »

Soudain, deux petites souris apparurent.

« D'où viens-tu donc ? demanda l'une d'elles.

– De la forêt où brille le soleil », répondit tristement le sapin.
Et il parla de son enfance. « Tu en as vu des choses !
Comme tu as été heureux !

– Oui, au fond, c'était bien agréable », songeait-il. Ensuite,
il parla du soir de Noël où il avait été garni de lumières.

« Comme tu as été heureux, vieux sapin ! s'exclamèrent les
souris.

– Je ne suis pas vieux du tout, ce n'est que cet hiver
que j'ai quitté la forêt.

– Comme tu racontes bien ! » dirent les souris. La nuit
suivante, elles amenèrent quatre autres souris pour entendre
ce que l'arbre racontait.

« C'était de bons moments, pensait-il en racontant
son passé. Mais il peut revenir ! Dumpe-le-Ballot est
tombé du haut des escaliers, mais il a tout de même
eu la princesse. Peut-être en aurais-je une aussi. »

La nuit suivante, les souris vinrent plus nombreuses encore,
accompagnées de deux rats. Mais ceux-ci déclarèrent
que le conte n'était pas amusant du tout, ce qui fit de la peine
aux souris. De ce fait, les souris finirent par s'en aller aussi.
Le sapin soupirait : « C'était un vrai plaisir d'avoir ces souris
près de moi. C'est fini mais maintenant, je saurai goûter les
plaisirs quand on me sortira d'ici. »

Un matin, des gens vinrent fouiller dans le grenier. Un valet
traîna le sapin vers l'escalier où brillait le jour. «Voilà la vie
qui recommence », pensait l'arbre quand il vit le premier
rayon de soleil…

Et le voilà dans la cour, qui donnait sur un jardin planté
de roses. « Je vais revivre », se disait-il, en étendant
ses branches. Hélas, elles étaient toutes jaunies.

Dans la cour jouaient des enfants qui, à Noël, avaient dansé autour de l'arbre. L'un d'eux arracha l'étoile qui était restée fixée à son sommet.

« Regarde ce qui était resté sur cet affreux arbre de Noël ! » s'écria-t-il en piétinant les branches. L'arbre regardait la splendeur des fleurs et se regarda lui-même. Comme il eut préféré être resté dans le grenier ! Il pensa à sa jeunesse dans la forêt, à la fête de Noël et aux souris. « Fini ! Si seulement j'avais su être heureux quand je le pouvais ! »

Le valet débita l'arbre en bûches qu'il fit flamber. De profonds soupirs s'en échappaient. À chaque craquement, le sapin songeait à un jour d'été dans la forêt, au soir de Noël ou au conte de Dumpe-le-Ballot. Des enfants jouaient dans la cour, le plus jeune portait sur la poitrine l'étoile qui avait orné l'arbre, au soir le plus heureux de sa vie. Ce soir était fini, l'arbre était fini, et l'histoire aussi, finie, comme toutes les histoires.

CHACUN ET CHAQUE CHOSE À SA PLACE

Il y a plus de cent ans, dans la forêt, près d'un grand lac, se dressait un manoir entouré d'un fossé. À côté du pont menant à la porte cochère, un vieux saule penchait ses branches au-dessus du fossé. Soudain retentirent le son du cor et le galop des chevaux. La petite gardienne conduisant des oies se dépêcha de les ranger pour laisser passer sur le pont la chasse qui arrivait. Le seigneur, pour l'écarter, avec sa cravache lui donna un coup qui la renversa. « Chacun à sa place ! » cria-t-il. Et il rit de sa brutalité.

La gardeuse d'oies se raccrocha en pleurant à une des branches du saule et resta suspendue au-dessus du fossé. Quand la chasse fut passée, la branche se rompit et la petite fille allait tomber dans les roseaux quand une main la saisit. C'était un cordonnier ambulant qui venait à son secours.

« Chacun à sa place ! » dit-il ironiquement, imitant le seigneur, et il la déposa sur le sentier. Il remit alors la branche cassée « à sa place ». En fait, il la planta dans la terre. « Pousse, dit-il, et fournis une bonne flûte aux gens d'en haut ! » Puis il entra dans le château. On le fit passer dans la grande salle où l'on festoyait. Le vin avait tourné les têtes. On força le malheureux à boire du vin dans un bas. C'était si drôle qu'on éclata de rire ! « Le grand chemin est ma vraie place » dit le cordonnier qui reprit sa route. Le temps passa. La branche que le cordonnier avait plantée au bord du fossé produisait de nouvelles pousses.

La petite gardeuse d'oies s'en réjouit, car c'était son arbre, lui semblait-il. Mais si la branche poussait bien, au château tout allait mal, par la faute du jeu et des festins. Bientôt le seigneur dut quitter le château pour aller mendier. La propriété fut achetée par un riche cordonnier, celui à qui l'on avait fait boire du vin dans un bas. Le travail est ainsi récompensé.

Le nouveau maître se maria avec la petite gardeuse d'oies. Au manoir, devenue la maîtresse de maison, elle filait de la laine et du lin, tandis que le maître lisait le dimanche la Bible à voix haute. Leurs enfants grandissaient, de même que le saule, devenu un arbre magnifique.

« C'est notre arbre généalogique ! » disaient les vieux maîtres.

Cent années passèrent. Le vieux château était en ruine. Seul un petit abreuvoir restait des fossés de jadis, ainsi qu'un vieil arbre dont les branches tombaient. C'était l'arbre généalogique. Il tenait toujours debout. Le nouveau manoir était perché sur la colline. Dans cette magnifique demeure, rien n'était discordant. « Chaque chose à sa place ! » était le mot d'ordre. De tous les tableaux, qui tenaient jadis la place d'honneur dans le manoir, il ne restait plus dans le corridor que deux vieux portraits figurant l'un un homme en habit rouge, coiffé d'une perruque, et l'autre, une dame poudrée. Le fils du pasteur était précepteur au château. Il mena un jour les petits barons et leur sœur par le sentier qui conduisait au vieux saule. Arrivé au pied de l'arbre, le précepteur arracha une branche pour un des barons qui voulut se tailler une flûte. « Ne faites pas cela ! s'écria, trop tard, la petite fille. C'est notre illustre vieux saule, je l'aime tant ! »

Elle conta alors tout ce qu'on vient de dire au sujet de l'arbre, du vieux château, de la gardeuse d'oies et du cordonnier, ancêtres de la noble famille, des jeunes barons et de leur sœur. Celle-ci dit : « Ces braves gens ne voulaient pas être anoblis : " Chacun et chaque chose à sa place " était leur devise. L'argent ne leur semblait pas suffire pour être élevé au-dessus de leur rang. Ce fut leur fils, mon grand-père, qui devint baron. Il était fort instruit et très aimé du prince et de la princesse qui l'invitaient à toutes leurs fêtes.

C'était lui que la famille admirait le plus, mais quelque chose m'attire surtout vers les deux ancêtres. Ils devaient être si bons, dans leur vieux château. »

Le précepteur dit alors : « La mode, chez les poètes, est de dénigrer les nobles, assurant que la vraie noblesse brille chez les pauvres. Ce n'est pas mon avis, c'est chez les nobles qu'on trouve les plus nobles traits. » Et il raconta comment un vieux seigneur donnait chaque semaine quelques shillings à une vieille femme, appuyée sur des béquilles, et pour qu'elle n'ait pas à marcher, allait au-devant d'elle dès qu'il la voyait. « Ce simple trait me va droit au cœur. Il est vrai cependant qu'il y a un autre genre de nobles. Ceux qui disent aux bourgeois " Cela sent la roture, ici ! " Ceux-là sont de faux nobles, et l'on ne peut qu'applaudir ceux qui les raillent. »

Ainsi parla le précepteur.

Pendant ce discours, un peu long, l'enfant s'était taillé une flûte. Le soir même, on donnait un concert au château. Le petit baron avait apporté sa flûte, mais il ne savait pas en jouer, ni son père. Ils écoutèrent la musique et les chants qui s'élevaient dans la pièce.

« Jouez-nous donc
quelque chose ! »
dit au précepteur
un des invités. Et il tendit
au précepteur la flûte
taillée près de l'abreuvoir.
On insista tant que le
précepteur porta la flûte
à sa bouche. Alors l'instrument
émit un son aussi strident que
celui d'une locomotive, qui retentit
dans tout le château, et par-delà
la forêt.

À ce moment s'éleva une forte
tempête. Le vent sifflait :
« Chacun à sa place ! »
et il emporta le maître
de maison jusqu'à l'étable.
Le bouvier fut emmené
à l'office, au milieu des laquais.
Dans la grande salle, la petite
baronne s'envola à la place
d'honneur, qu'elle était digne
d'occuper. Le fils du pasteur
prit place près d'elle ;
tous deux semblaient être
comme deux mariés.

Un vieux comte, de la plus ancienne noblesse, fut maintenu à sa place, car la flûte, qui jouait juste, était aussi juste. L'aimable invité à qui l'on devait ce jeu de flûte alla droit au poulailler. La terrible flûte ! Mais heureusement, elle se brisa, et c'en fut fini du « Chacun à sa place ! ».

Le lendemain on ne parla plus du tout de cet incident. Tout était rentré dans l'ordre. Seuls les deux portraits de la gardeuse d'oies et du cordonnier pendaient maintenant dans la grande salle, où le vent les avait emportés.

« Chacun et chaque chose à sa place ! » On y vient toujours.

L'éternité est longue, plus longue encore que cette histoire.

PAPOTAGES D'ENFANTS

Dans la maison d'un riche marchand,
des enfants de familles nobles et de familles
riches se réunissaient chaque jour.
Monsieur le marchand avait bien réussi.
C'était aussi un homme savant, qui avait étudié
à l'université. Son père, un simple commerçant,
lui avait fait lire des livres. Il recevait chez
lui des gens nobles par leur titre, mais aussi
par leur esprit. Ce soir-là se tenait une petite
réunion d'enfants, qu'on entendait papoter.
Une petite fille bien mignonne, mais très
prétentieuse, parlait. Son père était majordome,
c'était une haute fonction et elle s'en vantait :
« Je suis la fille d'un majordome », ajoutant
qu'elle était « noble », et que celui qui n'était
pas bien né n'arriverait jamais à rien dans la vie.

Alors la fille de Monsieur le marchand se mit
en colère. C'est que son père portait un nom
très ordinaire. Elle se redressa et déclara avec fierté :
« Mais mon père peut acheter pour cent écus d'or
de friandises et les jeter dans la rue ! Et pas le tien !
– Ce n'est rien, mon père
à moi, se vanta la fille
d'un directeur de journal,
peut parler de ton père
à tous les pères dans
le journal !
Tout le monde
a peur de lui,
dit maman,
car c'est lui
qui dirige
le journal. »

Par la porte entrouverte, un garçon pauvre regardait.
Il était d'une famille si pauvre qu'il n'avait même pas le droit
d'entrer dans la chambre.
Il avait aidé la cuisinière et, en récompense, on l'autorisait à rester
un moment derrière la porte pour regarder ces enfants nobles.
C'était un grand honneur pour lui. « Oh, si je pouvais être
l'un d'eux ! » soupira-t-il. Puis il entendit ce qu'il s'y disait
et baissa la tête. Chez lui, on ne pouvait même pas acheter
les journaux et encore moins écrire. Et le pire de tout :
le nom de son père, et donc le sien, était aussi très ordinaire.
Il n'arriverait donc jamais à rien dans la vie !

Mais comment pouvait-on dire qu'il n'était pas « né » ?
Il l'était bel et bien, sinon il ne serait pas là. Quelle soirée !
Quelques années plus tard, les enfants devinrent adultes.
Une magnifique maison fut construite dans la ville. Cette maison
était pleine d'objets somptueux que tout le monde venait voir.
Devinez à quel enfant de notre histoire appartenait cette maison ?
Eh bien, elle appartenait au pauvre garçon, parce qu'il était
tout de même devenu quelqu'un, bien que son nom fût très
ordinaire. Et les trois autres enfants ? Ces enfants remplis d'orgueil
par leur titre, l'argent ou l'esprit ? Ils n'avaient rien à s'envier
les uns aux autres, ils étaient égaux… et comme ils avaient
un bon fond, ils étaient de braves adultes. Et ce qu'ils avaient
pensé et dit autrefois n'était que… papotages d'enfants.

LE VIEUX RÉVERBÈRE

Il était une fois un vieux réverbère qui avait rendu de bons et loyaux services pendant de longues années mais qu'on s'apprêtait à remplacer. C'était le dernier soir qu'il éclairait la rue. Il savait que le lendemain, on l'examinerait pour savoir s'il était encore bon pour le service ou non. Là, on déciderait s'il devait éclairer une usine ou un pont à la campagne, ou bien être envoyé directement dans une fonderie. Il lui faudrait faire des adieux au vieux gardien de nuit et à sa femme, qui nettoyaient sa lampe et y versaient de l'huile. Le réverbère était dans la rue pour son dernier soir, demain il irait à la mairie. Les souvenirs lui remontaient en mémoire. Il y a encore quelqu'un qui se souvient de moi, se dit-il, ce beau garçon d'autrefois. Il était venu vers moi avec une lettre rose pâle écrite par une femme. Il l'avait lue puis embrassée. Lui et moi étions les seuls à savoir ce que la première lettre de sa bien-aimée contenait.

Je me rappelle aussi d'un cortège qui passa dans la rue,
dans le cercueil gisait une jeune femme. Un homme
se tenait là et pleurait. Jamais je n'oublierai la tristesse
de ces yeux qui me regardaient. Le réverbère ne savait
pas qui allait le remplacer et pourtant, il était à même
de donner à son remplaçant quelques bons conseils sur
la pluie, la rouille, la lune ou la direction du vent.
Trois candidats s'étaient présentés, croyant que c'était
le réverbère lui-même qui attribuait l'emploi.
Le premier était une tête de hareng qui luisait,
le deuxième un morceau de bois pourri brillant,
le troisième un ver luisant.

Le vieux réverbère dit qu'aucun d'eux n'éclairait assez
pour être réverbère. À ce moment, le vent arriva du
coin de la rue et lui dit : « J'apprends que tu vas partir
demain. Je te vois donc pour la dernière fois. Il faut
que je te fasse un cadeau. Je vais souffler de l'air et toi
tu te rappelleras ensuite ce que tu auras vu et entendu.
Tu auras la tête si claire que tu entendras tout ce que
l'on dira ou lira.
– C'est formidable, dit le vieux réverbère.
Merci beaucoup. Pourvu que je ne sois pas fondu !
– Ne t'en fais pas, dit le vent, si on t'offre plusieurs
petits cadeaux de ce genre, tu auras une vieillesse
plutôt gaie. »

Une goutte d'eau tomba sur le chapeau du réverbère. Elle expliqua qu'elle était un cadeau envoyé par les nuages gris. « Je pénétrerai en toi et tu auras la faculté, quand tu le souhaiteras, de rouiller et de devenir poussière. » Mais le réverbère trouva que c'était un bien mauvais cadeau. À cet instant, une étoile filante entra directement dans le réverbère qui se mit soudain à briller avec une force étonnante. « Quel beau cadeau ! Moi, pauvre réverbère, remarqué par ces étoiles qui brillent avec tant d'éclat. Elles m'ont envoyé une des leurs avec un cadeau, et désormais tout ce que je me rappellerai pourra être vu également par tous ceux que j'aime. C'est cela le vrai bonheur.

– C'est en effet une idée très estimable, dit le vent.

Mais il te faudrait une bougie
de cire. Si aucune bougie
n'est allumée en toi, personne
n'y verra rien. » Le soir suivant,
le réverbère était sur un fauteuil,
chez le veilleur de nuit.
Celui-ci avait réussi à garder
le réverbère en récompense
de ses longs et loyaux services.
À présent, le réverbère était
couché sur le fauteuil, près du
poêle chaud. Le vieux veilleur
et sa femme habitaient dans
un sous-sol, mais il y faisait bon
vivre. Il y avait deux pots de fleurs
en forme d'éléphants rapportés des Indes, au mur une image du « congrès de Vienne » et
une pendule qui faisait « tic-tac ». Le réverbère avait l'impression que le monde entier était à
l'envers. Lorsque le vieux veilleur de nuit le regarda et se mit à raconter tout ce qu'ils avaient
vécu ensemble, tout se remit en place pour le vieux réverbère. Il eut l'impression
de sentir à nouveau le vent, oui, comme si le vent l'avait rallumé.

Le dimanche après-midi, les petits vieux sortaient un livre, un récit de voyage, et le veilleur de nuit lisait à haute voix les pages sur les forêts vierges et les éléphants d'Afrique. Le réverbère souhaitait qu'il y eût une bougie de cire à portée de main et que quelqu'un songe à l'allumer et à la placer en lui afin que la vieille femme puisse voir exactement tout comme le réverbère voyait les grands arbres et les troupeaux d'éléphants. Un jour, on retrouva un petit tas de bougies de cire dans l'appartement. Mais personne n'eut l'idée d'en mettre un petit bout dans le réverbère.

« Je suis pourtant là avec mes talents si rares, se lamenta le réverbère. J'ai tant de choses en moi et je ne peux pas les partager avec eux. Je peux transformer les murs blancs en forêts profondes et ils l'ignorent ! »

Le jour de l'anniversaire de son mari, la vieille
femme s'approcha du réverbère, sourit
et dit : « Aujourd'hui, je l'allumerai. »
Le réverbère se dit : « Enfin, la lumière
vient ! » Mais la vieille femme ne lui donna
pas de bougie, elle y versa de l'huile.
Le réverbère brilla toute la soirée,
mais il savait maintenant
que le cadeau des étoiles,
le plus magnifique de tous
les cadeaux, ne serait pour lui,
dans cette vie-là, qu'un trésor perdu.

Et soudain il rêva que les petits vieux étaient morts et qu'on l'amenait dans une fonderie pour y être fondu. Là, il était transformé en bougeoir en fer, le plus beau de tous les bougeoirs pour bougies de cire. Il avait sa place sur le bureau d'un poète, et tout ce qu'il imaginait et écrivait apparaissait alentour. La chambre se transformait en forêt sombre et profonde ou en pont d'un navire sur une mer agitée. « Que j'ai de talents ! s'étonna le vieux réverbère en se réveillant. J'aurais presque envie d'être fondu ! Mais non, cela ne doit pas arriver tant que les petits vieux sont de ce monde. Ils m'aiment tel que je suis. C'est comme si j'étais leur enfant. » Et depuis ce temps, le vieux réverbère était plus serein. Il l'avait bien mérité !

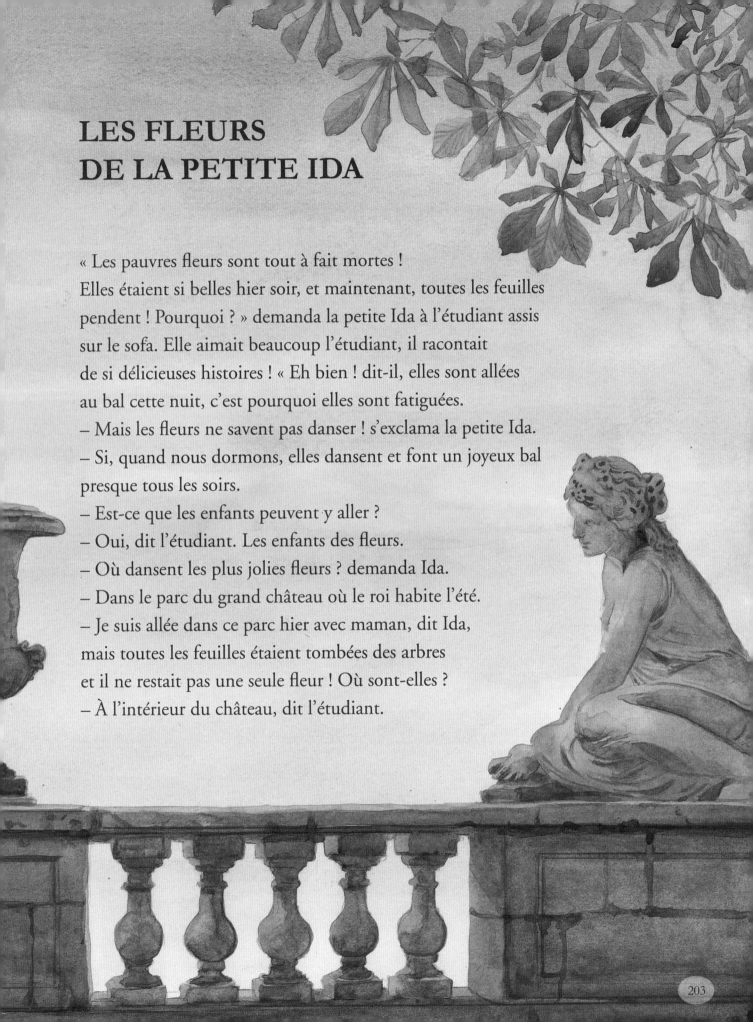

LES FLEURS
DE LA PETITE IDA

« Les pauvres fleurs sont tout à fait mortes !
Elles étaient si belles hier soir, et maintenant, toutes les feuilles
pendent ! Pourquoi ? » demanda la petite Ida à l'étudiant assis
sur le sofa. Elle aimait beaucoup l'étudiant, il racontait
de si délicieuses histoires ! « Eh bien ! dit-il, elles sont allées
au bal cette nuit, c'est pourquoi elles sont fatiguées.

– Mais les fleurs ne savent pas danser ! s'exclama la petite Ida.

– Si, quand nous dormons, elles dansent et font un joyeux bal
presque tous les soirs.

– Est-ce que les enfants peuvent y aller ?

– Oui, dit l'étudiant. Les enfants des fleurs.

– Où dansent les plus jolies fleurs ? demanda Ida.

– Dans le parc du grand château où le roi habite l'été.

– Je suis allée dans ce parc hier avec maman, dit Ida,
mais toutes les feuilles étaient tombées des arbres
et il ne restait pas une seule fleur ! Où sont-elles ?

– À l'intérieur du château, dit l'étudiant.

Dès que le roi et la cour
s'installent à la ville, les fleurs
montent du parc au château
et elles sont d'une gaieté folle.

– Que c'est amusant ! dit la petite
Ida. Pourrais-je les voir ?

– Quand tu iras là-bas, regarde
à travers la fenêtre, et tu les verras.

– Est-ce que les fleurs du jardin
botanique peuvent aussi aller là-bas ?

– Oui, bien sûr, car elles peuvent voler.
Quand tu iras dans le jardin du professeur
de botanique qui habite à côté, dis à une
des fleurs qu'il y a un grand bal au château
la nuit. Elle le répétera à toutes les autres et
elles s'envoleront. Quand le professeur descendra
dans son jardin, il ne trouvera plus une fleur !

– Mais les fleurs ne savent pas parler.

– Si, elles communiquent entre elles par des gestes.

– Comment peut-on raconter de telles balivernes ! »
dit le conseiller de chancellerie qui, venu en visite,
était assis là sur le sofa. Lui n'aimait pas l'étudiant.
Mais la petite Ida trouvait très amusant ce que le jeune
homme racontait. La tête des fleurs pendait parce qu'elles
étaient fatiguées d'avoir dansé toute la nuit, elles étaient
sûrement malades. Ida s'approcha de la table où, parmi
d'autres jouets, il y avait le petit lit où dormait sa poupée
Sophie. Ida lui dit : « Il faut donner ton lit à ces pauvres
fleurs malades, ainsi peut-être qu'elles guériront ! »

Ida coucha les fleurs dans le lit de sa poupée, et la rangea dans
un tiroir. Le soir, elle pensa à ce que l'étudiant lui avait raconté et avant
d'aller se coucher, elle courut voir les fleurs de sa mère, des jacinthes et des tulipes,
et leur murmura tout bas : « Je sais que vous devez aller au bal ! » Les fleurs firent semblant
de ne rien entendre. Dans son lit, Ida réfléchit. « Comme j'aimerais voir
danser ces jolies fleurs dans le château du roi. Mais les fleurs y sont-elles
allées, ou sont-elles encore couchées dans le lit de Sophie ? » Elle tendit
l'oreille. Il lui sembla entendre un piano dans la pièce à côté.
Jamais elle n'avait entendu une musique aussi délicate.

« Toutes les fleurs doivent danser maintenant ! » se dit-elle. N'y tenant plus, elle se leva et courut à la porte jeter un coup d'œil. Toutes les jacinthes et les tulipes se tenaient debout en deux rangées. Les autres fleurs dansaient avec grâce sur le parquet. Un grand lis rouge était assis au piano. Un crocus bleu sauta sur la table où se trouvait le lit où reposaient les fleurs malades. Elles se levèrent aussitôt et firent signe aux autres fleurs en bas qu'elles aussi voulaient danser. Ida vit alors tomber de la table un jouet, le fouet de la mi-carême. Il était surmonté d'une petite poupée de cire portant un large chapeau. Le fouet se mit à danser une mazurka. Tout à coup, la poupée de cire du petit fouet devint grande, et tourbillonna autour des fleurs en criant :

« Peut-on mettre de telles bêtises dans la tête d'un enfant !
Ce sont des inventions stupides. » En disant cela elle se mit à ressembler
au conseiller de la chancellerie, avec son large chapeau, et elle aussi était jaune
et grognon. Les fleurs la frappèrent, alors elle se ratatina et redevint une petite
poupée de cire. Le fouet continuait à danser et le conseiller, obligé de danser
avec lui, se faisait grand et long et soudain redevenait la petite poupée de cire
jaune au grand chapeau. Les fleurs prièrent alors le fouet de s'arrêter, et la danse
cessa. À ce moment, on entendit des coups violents venant du tiroir où dormait
Sophie, la poupée d'Ida. Sophie voulait sortir, elle se leva, regarda autour d'elle
et demanda, tout étonnée : « Pourquoi ne m'a-t-on pas dit qu'il y avait un bal
ici ? » Et elle se laissa tomber sur le parquet. Alors toutes
les fleurs accoururent. Celles qui avaient couché dans son lit
la remercièrent et lui demandèrent si elle s'était fait mal.

Toutes les fleurs entouraient Sophie et se mirent à danser avec elle. Sophie, toute contente, leur dit qu'elles pouvaient garder son lit. Mais les fleurs répondirent :
« Nous te remercions mille fois, mais nous ne vivons pas si longtemps. Demain, nous serons mortes.
Cependant, dis à Ida qu'elle nous enterre dans le jardin. Alors, nous refleurirons l'été prochain et nous serons encore plus belles.
— Ne mourez pas ! dit Sophie en embrassant les fleurs. »
Au même instant, la porte s'ouvrit et une foule de jolies fleurs entrèrent en dansant.

Elles venaient sûrement du château du roi. En tête s'avançaient deux roses magnifiques, avec des couronnes d'or : c'étaient un roi et une reine. Puis venaient giroflées, œillets, coquelicots… Toutes s'embrassaient, puis elles se souhaitèrent bonne nuit. La petite Ida se glissa dans son lit et rêva de tout ce qu'elle avait vu. À son réveil, au matin, elle courut à la table pour voir si les fleurs étaient encore dans le petit lit. Les fleurs y étaient, mais complètement fanées. Sophie était couchée dans le tiroir. « Te rappelles-tu ce que tu devais me dire ? » demanda Ida. Sophie ne répondit pas. « Tu n'es pas gentille, dit Ida, pourtant elles ont toutes dansé avec toi. » Elle prit une petite boîte et y déposa les fleurs mortes. « Ce sera votre cercueil, dit-elle, et quand mes cousins viendront, ils assisteront à votre enterrement dans le jardin afin que l'été prochain, vous repoussiez encore plus belles. » Et Ida, avec ses cousins Jonas et Adolphe, enterra les fleurs.

GRAND CLAUS
ET PETIT CLAUS

Dans une ville vivaient deux hommes du même nom, Claus. L'un avait quatre chevaux, et l'autre n'en avait qu'un seul. Pour les distinguer, on appelait le premier grand Claus et l'autre petit Claus. Pendant la semaine, petit Claus devait labourer la terre de grand Claus et lui prêter son unique cheval. En revanche, grand Claus l'aidait avec ses quatre chevaux une fois par semaine, le dimanche. Ce jour-là, devant les passants, petit Claus faisait claquer son fouet au-dessus des cinq chevaux en s'écriant :

« Hue donc, mes chevaux !

– Ne dis donc pas mes chevaux, cria grand Claus, un seul est à toi. Si tu le redis encore, je porterai un tel coup à ton cheval qu'il tombera mort.

– Je ne le dirai plus », répondit petit Claus. Mais lorsque d'autres passants le saluèrent, il fit encore claquer son fouet en s'écriant : « Hue donc, mes chevaux ! »

Grand Claus, furieux, frappa avec sa massue le cheval de petit Claus, qui tomba mort.

Son maître pleura puis enleva la peau du cheval, la fit sécher, la mit dans un sac et partit la vendre. Petit Claus s'égara dans la forêt et la nuit survint. Il frappa à la porte d'une ferme pour demander à y passer la nuit. Une femme ouvrit, mais refusa de l'héberger, et il alla se coucher dans la grange. De là, à travers les volets de la ferme, il vit sur la table un rôti, un poisson et du vin. La paysanne avait invité le chantre[1] de l'église et lui servait un gâteau. Soudain arriva un homme à cheval. C'était le mari de la paysanne, un brave homme, mais qui ne pouvait voir un chantre sans entrer en fureur. En entendant venir son mari, la femme eut peur et pria son convive de se cacher dans un coffre vide.

1. Chantre : personne chargée de chanter aux offices religieux.

Puis elle rangea les mets et le vin dans le four. Le paysan, qui avait aperçu petit Claus dans la grange, lui offrit l'hospitalité. La femme leur servit du riz. Mais petit Claus pensait au rôti, au gâteau et au vin cachés dans le four. Il avait jeté sous la table le sac contenant la peau de cheval. Il appuya ses pieds sur le sac et fit craquer la peau sèche.

« Chut ! dit-il à son sac, mais, en même temps, il le fit craquer plus fort.

« Qu'y a-t-il dans le sac ? demanda le paysan.

– Un sorcier, répondit petit Claus. Il me dit que, par un effet de sa magie, il y a dans le four un rôti, du poisson et un gâteau. » Le paysan ouvrit le four, découvrit les mets et crut que le sorcier avait fait ce prodige. Petit Claus fit de nouveau craquer sa peau.

« Que dit-il à présent ? » demanda le paysan.

« Il dit que près du four il y a du vin. »

La femme servit le vin et le mari déclara qu'il aimerait bien posséder un tel sorcier.

« Je voudrais qu'il me montrât le diable, dit le paysan.

– Le diable paraîtra devant nous sous la forme d'un chantre, dit petit Claus.

– J'ai horreur des chantres, répliqua le paysan. Mais, comme je saurai que c'est le diable, j'aurai du courage ! » Petit Claus fit semblant d'écouter le sorcier dans le sac.

« Que dit-il ? demanda le paysan.

– Il dit que si vous voulez ouvrir ce coffre, dans le coin, vous y verrez le diable, mais il faut bien tenir le couvercle pour qu'il ne s'échappe pas.

– Je l'ai vu, dit le paysan en soulevant le couvercle, il ressemble tout à fait au chantre de notre église ! »

Continuant à boire, le paysan dit : « Vends-moi ton sorcier, je t'en donnerai tout un boisseau rempli d'argent. »
Petit Claus accepta et échangea son sac avec la peau sèche contre un boisseau d'argent et une brouette pour emporter le coffre. Il traversa la forêt, s'arrêta sur un pont au-dessus d'une rivière, et dit à haute voix : « Je suis fatigué de rouler ce coffre, je vais le jeter dans la rivière.
– Attends, s'écria le chantre dans le coffre, laisse-moi sortir et je te donnerai un boisseau d'argent. » Petit Claus ouvrit le coffre. Le chantre sortit, jeta le coffre dans l'eau et retourna dans son logis donner le boisseau d'argent au petit Claus. Celui-ci, rentré chez lui, fit rouler par terre toutes ses pièces de monnaie, disant : « Grand Claus mourra de dépit quand il saura la richesse que mon cheval m'a rapportée. »

Puis il envoya un garçon chez grand Claus pour le prier de lui prêter un boisseau vide. « Que veut-il en faire ? » pensa grand Claus. Et il enduisit le fond de goudron afin qu'il y restât quelque chose d'attaché. Lorsque le boisseau lui fut rendu, il y trouva collées trois pièces de dix sous. Il courut chez petit Claus et lui demanda : « D'où te vient tout cet argent ?

– De ma peau de cheval, que j'ai vendue hier. »

Grand Claus retourna bien vite chez lui, prit une hache, abattit ses quatre chevaux, et porta leurs peaux à la ville.

« Qui veut acheter des peaux ? » cria-t-il dans toutes les rues.

Les cordonniers accoururent pour lui en demander le prix.

« Un boisseau d'argent pour chaque peau, répondit grand Claus.

– Es-tu fou ? Crois-tu que nous ayons de l'argent par boisseaux ? » Et les cordonniers se mirent à frapper grand Claus, qui se sauva hors de la ville, disant :

« C'est petit Claus qui est cause de tout cela, je vais le tuer. »

Pendant ce temps, la vieille nourrice
de petit Claus était morte. Il coucha
son corps dans son lit et s'assit
sur une chaise. Durant la nuit, la porte
s'ouvrit et grand Claus entra avec sa hache.
Il s'approcha du lit de petit Claus et porta
un coup violent au front de la nourrice
morte, croyant que c'était petit Claus,
et partit. Petit Claus alla alors emprunter à
son voisin un cheval qu'il attela à sa voiture.

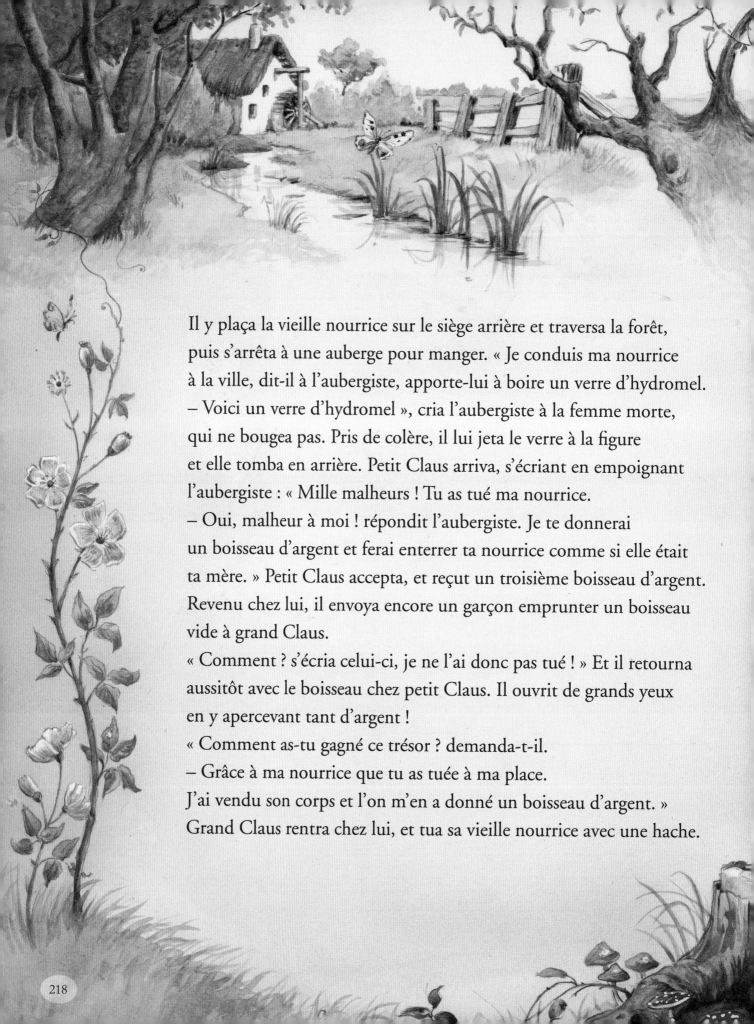

Il y plaça la vieille nourrice sur le siège arrière et traversa la forêt,
puis s'arrêta à une auberge pour manger. « Je conduis ma nourrice
à la ville, dit-il à l'aubergiste, apporte-lui à boire un verre d'hydromel.
– Voici un verre d'hydromel », cria l'aubergiste à la femme morte,
qui ne bougea pas. Pris de colère, il lui jeta le verre à la figure
et elle tomba en arrière. Petit Claus arriva, s'écriant en empoignant
l'aubergiste : « Mille malheurs ! Tu as tué ma nourrice.
– Oui, malheur à moi ! répondit l'aubergiste. Je te donnerai
un boisseau d'argent et ferai enterrer ta nourrice comme si elle était
ta mère. » Petit Claus accepta, et reçut un troisième boisseau d'argent.
Revenu chez lui, il envoya encore un garçon emprunter un boisseau
vide à grand Claus.
« Comment ? s'écria celui-ci, je ne l'ai donc pas tué ! » Et il retourna
aussitôt avec le boisseau chez petit Claus. Il ouvrit de grands yeux
en y apercevant tant d'argent !
« Comment as-tu gagné ce trésor ? demanda-t-il.
– Grâce à ma nourrice que tu as tuée à ma place.
J'ai vendu son corps et l'on m'en a donné un boisseau d'argent. »
Grand Claus rentra chez lui, et tua sa vieille nourrice avec une hache.

Ensuite, il alla demander à l'apothicaire s'il voulait acheter le cadavre
de sa nourrice qu'il avait tuée pour un boisseau d'argent.

« Grand Dieu ! Es-tu fou de dire de pareilles choses ! »

Il fit comprendre à grand Claus toute l'horreur de sa conduite.

« Je me vengerai de petit Claus ! » s'écria grand Claus.

Dès qu'il fut chez lui, il prit un grand sac, alla chez petit Claus et lui dit :
« Après avoir abattu mes quatre chevaux, j'ai tué ma nourrice, toi seul
est la cause de tout ce mal. » Puis il saisit petit Claus, le fourra dans le sac
et le jeta sur ses épaules en disant : « Je vais te noyer ! » En chemin, il s'arrêta
dans un cabaret et laissa le sac derrière la maison. Par hasard, un berger passa
près du sac qui remuait. « Qui est là ? s'écria-t-il.

– Un jeune homme qui doit tout à l'heure entrer au paradis.

– Moi, pauvre vieillard, je serais bien content d'y aller le plus tôt possible.

– Eh bien ! Ouvre le sac et mets-toi à ma place, bientôt tu y seras.

– De tout mon cœur ! dit le vieux berger en ouvrant le sac
pour faire sortir le petit Claus.

– Mais promets-moi de garder mon troupeau ?

– Certainement ! dit petit Claus. Et le vieillard entra dans le sac.

Petit Claus le referma, puis réunit tout le bétail et s'en alla en le poussant devant lui.
Grand Claus revint, prit sur son dos le sac contenant le berger, qu'il jeta dans la rivière.
En route, il rencontra petit Claus avec son troupeau.

« Quoi ! s'écria grand Claus, ne t'ai-je pas noyé ?

– Si ! Tu m'as jeté dans la rivière, il y a une demi-heure.

– Et d'où te vient ce troupeau ?

– C'est du bétail de la mer ! dit petit Claus, car au fond de l'eau, le sac s'est ouvert,
une demoiselle m'a offert un troupeau de bétail et m'a montré le chemin pour retourner
à terre. Je te remercie de m'avoir noyé, car maintenant je suis riche ! » Grand Claus voulut
l'imiter pour lui aussi avoir un troupeau de bétail de la mer. Il entra dans le sac, demanda
à petit Claus d'y mettre une pierre pour être sûr d'aller au fond, et de le pousser dans
la rivière. Petit Claus mit une pierre, ficela le sac et le lança dans la rivière. Ploum !
Grand Claus tomba au fond. « J'ai bien peur qu'il ne rencontre pas la demoiselle au bétail »,
dit petit Claus, puis, avec son troupeau, il revint, bien content, chez lui.

Index